Walter Farley

Die RACHE des roten Hengstes

Tosa Verlag

Lizenzausgabe mit freundlicher Genehmigung des Verlages
Albert Müller, Rüschlikon – Zürich.
Titel der Originalausgabe: »The Island Stallions's Fury«
Aus dem Amerikanischen von Marga Ruperti
© by Walter Farley

Im Auftrag hergestellte Sonderausgabe
Alle Rechte vorbehalten
Umschlag von Ferdinand Kessler
© by Tosa Verlag, Wien
Printed in Austria

Inhalt

- 7 Das blaue Tal
- 14 Die Landkarte
- 24 Die braune Stute
- 33 Das verwaiste Fohlen
- 40 Feuerstrahls Zorn
- 47 Das Schiffsversteck
- 50 Rasch nach Antago
- 55 Der Riese kommt
- 59 Schwarze Welt
- 69 Früh übt sich
- 76 Eine schwere Entscheidung
- 85 Aus dem Hinterhalt
- 90 Die Bullenpeitsche
- 95 Auf der Flucht
- 101 Die rote Schildwache
- 107 Herausgefordert
- 116 Der Kampf
- 121 Abrechnung
- 125 Ausklang

Das blaue Tal

Überraschend plötzlich hob sich »Azul Island«, die »Blaue Insel«, aus dem türkisfarbenen Meer. Das kleine Eiland wirkte gar nicht wie eine Insel, vielmehr wie ein massiver Felsklotz, der irgendwann einmal von Gigantenhand ins Meer geschleudert worden war. Die anderen Inseln der Kleinen Antillengruppe wiesen eine üppige tropische Vegetation auf, saftig-grünes Gras, farbenfrohe Blütenpracht; aber auf der Blauen Insel sah man weder sanftes Grün noch bunte Blumen.
Ihre jäh aufsteigenden Felswände bestanden aus nacktem Stein, strebten mehrere hundert Meter himmelwärts und liefen oben in eine Art Kuppelgewölbe zusammen. Sie wirkten abweisend und trostlos, wie da die Wogen unaufhörlich gegen sie anbrandeten, als suchten sie einen Eingang, den sie jedoch nirgends zu finden schienen.
Die winzige Insel, die man für unbewohnbar hielt, war überhaupt nur auf großen Navigationskarten des östlichsten Teiles des Karibischen Meeres eingezeichnet. Sie erstreckte sich in einer Länge von fünfzehn Kilometern von Nord nach Süd. Schiffe kamen nie an ihr vorbei, es sei denn, sie waren gelegentlich aus irgendeinem Grund gezwungen, stark von ihrer gewohnten Route abzuweichen. Keine Fluglinie näherte sich der Insel auf weniger als achthundert Kilometer.
Damit war das Eiland so gut wie unbekannt und unbeachtet. Wohl wußten die Einwohner der zwanzig Seemeilen entfernten und ihr damit nächstgelegenen größeren bewohnten Insel Antago um seine Existenz. Aber sie nahmen kaum Notiz von ihm, denn der unzugängliche und unfruchtbare Felsblock war ja zu nichts nutze. Es gab nur eine Stelle am südlichen Zipfel der Insel, an der die Felsen einer flachen, sandigen Landzunge Raum gaben, über deren Strand die Wellen ein Stückchen weit hinein- fluteten. An dem dortigen schmalen, hölzernen Landesteg legte hin und wieder einmal ein kleines Boot mit Neugierigen aus Antago an, und die Leute wanderten dann auf der Landzunge entlang

bis zu der kleinen Schlucht, an deren Ende jedoch wieder eine steil emporstrebende Felswand Halt gebot. Dort blieben sie stehen und blickten staunend nach oben. Die Blaue Insel war für sie hier zu Ende. »Das steht nun wirklich fest – Azul Island ist tatsächlich nur ein einziger großer Felsklotz!« sagte dann wohl der eine oder andre. So bald wie möglich verließen sie den unwirtlichen Ort, und wenn sie mit ihrem Schiffchen wieder heimwärts fuhren, sahen sie kopfschüttelnd zurück auf die gelben Felswände mit der domartig gewölbten Kuppel, die im Schein der Sonne glühten wie Gold. Selbst mit der größten Einbildungskraft waren sie nicht imstande, sich vorzustellen, daß dieses Gewölbe oben offen sein könnte und der Sonne gestattete, ein fruchtbares Tal zu bescheinen, ein unbekanntes Tal in einer unbekannten Welt, ein Tal so grün und bunt wie kaum eines auf den Inseln des Karibischen Meeres. Ein bewohntes Tal!
Es war schmal und lang, fast so lang wie die Insel selbst, ein bläulich-grüner Edelstein, von den hohen goldgelben Mauern eingefaßt. Am südlichen Ende des Tales trat ein unterirdischer Fluß aus der Dunkelheit ins Sonnenlicht. Er schoß als weißschäumender Wasserfall herab und bildete auf der Talsohle einen großen Teich. Die Öffnung in der Felswand, durch die der Fluß sich seinen Weg gebahnt hatte, war so breit, daß sie noch einem Pfad Raum ließ. Dieser lief im Berginnern ein Stück neben dem Fluß her und führte dann der Wand entlang ziemlich steil hinab zu einem etwas breiteren Felsvorsprung auf halber Höhe über dem Talboden.
Vor der Höhle, die diesen kleinen Platz abschloß, saß ein Mann und schrieb. Als Sitz und Schreibpult dienten ihm zwei leere Kisten. Seine Feder lief emsig über das weiße Papier. Sowie er eine Seite beschrieben hatte, legte er sie neben sich und machte sich ungesäumt daran, ein weiteres Blatt zu füllen.
Es war ein kleiner, magerer, aber zäher Mann. Seine knorrigen Knie waren nackt, denn er trug Shorts. Mittags, als die Sonne im Zenit stand, hatte er seinen weißen Tropenhelm aufgesetzt, jetzt hatte er ihn immer noch auf dem Kopf, obwohl die Sonne inzwischen hinter den hohen Felswänden im Westen untergegangen

war. Er hatte es gar nicht bemerkt, so vertieft war er in seine Arbeit. Sein rundes, gebräuntes Gesicht war für gewöhnlich jungenhaft heiter, wirkte aber jetzt angespannt.
Er fuhr fort zu schreiben, bis zwei kurze Pfiffe die Stille des Tales unterbrachen. Als er aufsah, merkte er zum erstenmal, daß die Sonne inzwischen untergegangen war. Die Schatten der Felswände hatten die Talsohle erreicht und verwandelten das Grün des kurz abgeweideten Grases in ein leuchtendes Blau.
Sein Blick wanderte hinüber zu der Stelle, wo eine Pferdeherde graste. Er versuchte vergeblich, seinen jungen Freund Steve Duncan dort auszumachen. Die Sehkraft seiner Augen reichte trotz der stahlgefaßten Brille nicht aus. Als dann die beiden kurzen Pfiffe noch einmal ertönten, griff er nach seinem Fernglas, und mit dessen Hilfe konnte er jetzt den Jungen erkennen. Seit seiner Ankunft vor wenigen Stunden hatte Steve dort gesessen und den Stuten und Fohlen zugesehen. Jetzt stand er auf, und der Mann sah, wie er die Finger an den Mund legte und wiederum zweimal kurz pfiff. Steve wollte damit den roten Hengst herbeirufen, der bis jetzt nirgends zu sehen war.
Gleich darauf aber antwortete vom äußersten Ende des Tals ein gewaltiges Wiehern. Es war der schrille Laut eines Wildhengstes, der von den hohen Felswänden vielfach widerhallte. Als er endlich erstarb, wurden die Hufschläge eines Pferdes hörbar, das in rasendem Galopp heranpreschte.
Der Mann richtete sein Fernglas auf den Hengst, der sich seinen Weg durch das hohe Zuckerrohr an der entgegengesetzten Seite des Tals bahnte. Die Stauden brachen unter dem Gewicht des riesigen Körpers. Als er die Grasfläche erreichte, wurden seine Sprünge ausgreifender, und er hielt direkt auf den Jungen zu. Er war schön, behende und stark, wie Feuer erglühten Fell und Mähne.
Der Mann legte sein Fernglas zur Seite, als der Hengst bei dem Jungen angelangt war. Wie gut ist es, Steve wieder hier im Blauen Tal zu haben, dachte er, Feuerstrahl ist ebenso glücklich darüber wie ich! Zufrieden lächelnd wandte er sich wieder seiner Schreibarbeit zu.

Der langbeinige Hengst stand bewegungslos wie eine Statue mit hocherhobenem Kopf, stolz und hoheitsvoll. Seine Augen waren auf den Jungen gerichtet, er erkannte ihn sofort, warf mehrmals erfreut den Kopf auf, und seine dichte Mähne tanzte auf und nieder.
»Feuerstrahl!«
Die kleinen Ohren spitzten sich aufmerksam beim Klang von Steve Duncans Stimme, die weiten, feinen Nüstern bebten. Ohne Zögern kam der Hengst nahe an den Jungen heran.
Steve streichelte den seidigen Hals und fuhr glättend mit den Fingern durch die zerzauste Mähne. Feuerstrahl blieb still stehen. Nur seine Augen bewegten sich von Steve weg – zu seinen Stuten hinüber, die zum Teich zogen –, dann wieder zu Steve zurück. Der Hengst hatte ihn nicht vergessen in den zehn Monaten, während er abwesend war!
Noch nie hatte es ein schöneres Pferd gegeben! Kein anderes war ihm zu vergleichen, mit diesem fein modellierten Körper und den stählernen Muskeln, die sich unter dem straffen, seidigen Fell so geschmeidig bewegten. Die Kraft seiner Beine, seines Widerrists, seiner Brust, seiner Schultern war unübertrefflich. Das Schönste an ihm aber war sein Kopf, denn er bewies in jeder Einzelheit, wie reines Araberblut in seinen Adern floß. Er trug den Hals hochgewölbt, den wunderschönen, keilförmigen Kopf mit der breiten Stirn, den langen empfindsamen Nüstern hoch erhoben. Die Ohren waren klein und standen so dicht zusammen, daß sie sich oben fast berührten, wenn er sie scharf spitzte. Die großen, ausdrucksvollen Augen lagen weit auseinander. Sie blitzten kühn und wild, wenn sein Zorn erregt war, und wurden sanft und warm, wenn keine Ursache für Furcht oder Zorn vorhanden war. Daß Feuerstrahl sehr oft gekämpft hatte, war an den unzähligen Narben zu erkennen, mit denen sein rotes Fell übersät war. Manche waren ausgezackt und stammten von den blindwütenden Zähnen seiner Gegner. Andere waren sauber und glatt; sie waren durch Hufschläge verursacht worden. Einige waren alt, andere neu. Doch alle machten diesen riesigen Hengst zu dem, was er war: zum König seiner Herde. Er hatte die Führung

in zahllosen Kämpfen errungen, und er würde sie dereinst in einem letzten Kampf verlieren.
Steve ließ seine Hand über den muskulösen Widerrist gleiten und lehnte sich leicht gegen die Flanken des Hengstes. Das rote Fell zuckte unter seinen Händen.
»Feuerstrahl!« sagte er, »wie wundervoll ist es, daß ich wieder bei dir sein kann!«
Minutenlang stand der Junge nachdenklich an den Hengst gelehnt. Er wußte, daß dieses wunderbare Tier nie von anderer menschlicher Hand berührt worden war. Nie hatte Feuerstrahl Menschen gesehen, ehe Steve mit seinem Freund Pitch gegen Ende des vorigen Sommers das Blaue Tal entdeckt hatte. Es hatte geraume Weile gedauert, bis Feuerstrahl davon überzeugt war, daß ihm und seiner Herde von den beiden Menschen nichts Böses drohte. Am Schluß hatte Steve die Liebe und das Vertrauen des Hengstes gewinnen können. Er hatte mit ihm spielen, neben ihm herrennen und ihn endlich sogar zu jeder Tages- oder Nachtzeit reiten dürfen.* Und jetzt war er nach langen Monaten zurückgekommen, um wieder das Leben zu führen, das für ihn genau so neu war wie für den Hengst.
Er verlagerte sein Gewicht jetzt auf den Rücken Feuerstrahls. Der Hengst warf den Kopf auf, als ob er genau wüßte, was kommen würde, und ungeduldig darauf wartete. Steve sprang so hoch er konnte und zog sich auf den Rücken des Pferdes, doch saß er noch nicht richtig fest, als sich Feuerstrahl umdrehte. Aber Steve bekam die dichte Mähne zu fassen und setzte sich zurecht, sobald der Hengst wieder stillstand.
Der Junge preßte seine Knie fest an die Flanken und berührte den Hengst am Hals. Mit kurzen, federnden Schritten tänzelte Feuerstrahl das Tal entlang. Er schnaubte mehrmals, seine Ohren zuckten. Er wünschte, galoppieren zu dürfen, wartete aber auf Steves Befehl.
Schließlich berührte Steve Feuerstrahls Flanken leise mit den Hacken, und der Hengst fiel in einen leichten, wiegenden Ga-

---

* Diese Geschichte ist erzählt im Buch von Walter Farley »Der Hengst der Blauen Insel«.

lopp. Seine Sprünge wurden länger, als sich Steve tiefer auf seinen Hals niederbeugte, die rhythmischen Hufschläge kamen schneller, er warf den Kopf auf und zeigte auf alle Weise, daß er gerne aus voller Kraft gelaufen wäre. Doch wartete er wieder auf einen Wink Steves. Endlich beugte der Reiter seine Schultern weit vor und preßte seine Wange fest an Feuerstrahls seidigen Hals. Immer schneller flog jetzt der Boden unter den raumgreifenden Sätzen dahin, und der Wind pfiff Steve so um die Ohren, daß er die Hufschläge nicht mehr hörte. Seine Augen begannen zu tränen; um sie zu schützen, begrub er seinen Kopf in der wehenden Mähne.
Steve war von Kindheit an sehr viel geritten, doch dies hier war kein Reiten mehr, es war soviel wie ein Teil des Pferdes werden! Undeutlich gewahrte Steve, daß sie bereits den Teich unter dem Wasserfall erreicht hatten. Die Herde zerstreute sich eilig beim Anblick ihres galoppierenden Führers. Steve berührte Feuerstrahl, und er schwenkte gehorsam herum, vom Teich fort und quer durch das Tal auf den hinteren Teil zu. Steve redete zu ihm und verlagerte sein Gewicht. Der Hengst verlangsamte seinen Galopp, und Steve konnte schließlich anhalten. Feuerstrahl stand gehorsam still, warf nur den Kopf auf und nieder. Allein die gelben Felswände hatten den rasenden Lauf zu sehen bekommen.
Steve blickte jetzt hinüber zur Herde, die wieder weidete. Er zählte über hundert Pferde, die Saugfohlen inbegriffen, die sich dicht bei ihren Müttern hielten, während die älteren Fohlen fröhlich umhertollten und spielten. Sie waren offensichtlich froh, ihren Müttern entwachsen zu sein, und maßen ihre Kraft und Schnelligkeit miteinander. Jährlinge und ältere Hengste und Stuten hielten sich, stolz auf ihr reifes Alter, abseits.
Feuerstrahl war ihr Führer. Er gewährte ihnen Schutz vor jedweder Gefahr. Doch Steve wußte, daß eines Tages einer der heranwachsenden Hengste, seiner Kraft und Jugend allzu sicher, Feuerstrahl angreifen würde, um ihm die Führerschaft zu entreißen. Sie würden sich im Kampf messen, und Feuerstrahl würde den Rivalen töten, um seine Hoheitsrechte zu wahren. Es gab immer nur einen Leithengst zu gleicher Zeit, so war es seit Jahrhunder-

ten gewesen, seit die spanischen Konquistadoren die Vorfahren dieser Pferdeherde hier im Blauen Tal zurückgelassen hatten. Diese Pferde edelsten Blutes waren nicht umgekommen, sondern hatten überlebt, dank dem üppigen, nahrhaften Graswuchs, dem klaren Wasser und den schützenden hohen Felswänden. Die natürliche Auslese hatte alle schwächlichen Tiere ausgemerzt, nur jeweils die kräftigsten waren am Leben geblieben und hatten ihre Schnelligkeit, Ausdauer und Schönheit an ihre Nachkommen weitervererbt. Wahrscheinlich gab es jetzt auf der ganzen Welt keine Herde, die diese hier an Kraft und Schönheit übertraf.
Steve streichelte Feuerstrahls Hals. »Niemand weiß, was Pitch und ich hier entdeckt haben«, dachte er bei sich, »nicht einmal meine Eltern wissen oder vermuten etwas Ungewöhnliches.« Besonders seine Mutter hatte es gern gesehen, daß er die Ferien wieder mit Pitch verbringen wollte. Sie hatte Hochachtung vor Pitchs Klugheit, und sie glaubte, es täte Steve gut, mit ihm beisammen zu sein. Sie hielt Pitch für einen Gelehrten und Geschichtsforscher, kannte seine Leidenschaft für Archäologie und wußte, daß er mit Steve auf einer zwanzig Seemeilen nordöstlich von Antago gelegenen Insel Ausgrabungen machte. Deswegen hatten sie ja damals auch auf der Landzunge der Blauen Insel angelegt. Und sie hatten mehr gefunden, als sie erhofft, viel mehr als sie jemals zu träumen gewagt hatten. Doch das wußte bis jetzt kein anderer Mensch!
Feuerstrahl bewegte sich unbehaglich unter ihm, er wollte hinüber zu seiner Herde. Steve merkte, daß es schnell Abend wurde, so war es auch für ihn an der Zeit, zu seinem Freund zurückzukehren. Er hatte vor, ihm eine Menge Fragen zu stellen. Er lenkte Feuerstrahl zu dem Pfad, der auf den Felsvorsprung zuführte, wo sich Pitch befand. Dort stieg er ab, gab dem Hengst einen leichten Klaps auf die Schenkel und sah ihm nach, wie er seiner Herde zustrebte.
Dann stieg er den Pfad hinauf, in Gedanken an all die wundervollen Tage versunken, die vor ihm lagen. Mehr als zwei Monate lang wurde er hier bei Feuerstrahl und seiner Herde leben können.

Die Landkarte

Der Pfad führte ziemlich steil aufwärts, aber nach wenigen Minuten hatte Steve ihren Lagerplatz erreicht. Phil Pitcher sah nicht auf von seiner Schreibarbeit.
»Du wirst dir die Augen verderben, wenn du im Dunkeln schreibst, Pitch!« sagte Steve.
Pitch hob verwirrt den Kopf. »Ach, du bist es, Steve!« murmelte er und legte die Feder zur Seite.
Steve lächelte. »Du hast ja wohl niemand anderen erwartet?«
»Nein, nein, natürlich nicht! Ich war bloß weit weg mit meinen Gedanken.« Pitch nahm seine stahlgefaßte Brille ab, um sich die Augen zu reiben, dann lächelte auch er. »Du hast recht, es ist tatsächlich schon dunkel! Ich will nur noch die Blätter zusammenräumen.«
Steve zündete die Petroleumlampe an, und seine Augen blinzelten im hellen, gelben Licht. Dann sah er Pitch zu, der die tagsüber beschriebenen Seiten sorgfältig in eine lederne Aktenmappe steckte, die er in die Höhle trug. Dort lehnten drei Schaufeln, zwei Spitzhacken und eine Axt. Daneben lagen mehrere Seile, zwei Schlafsäcke und eine halbgefüllte Kiste mit Konserven. In der Mitte des kleinen Felsabsatzes stand ein kleiner, aber vorzüglicher Petroleumkochofen, daneben alles Koch- und Eßgeschirr, das benötigt wurde. Beim Eingang sah Steve noch zwei Taschenlampen, eine Kamera, allerhand Werkzeuge und einen Haufen anderer Dinge. Pitch hatte während der zehn Monate, die Steve nicht hier gewesen war, das Lager mit allem Nötigen ausgestattet.
»Schreibst du alles auf, was wir bisher hier erlebt haben?« fragte er Pitch, der die Riemen seiner Aktenmappe zuschnallte.
»Ja, Steve! Ich habe angefangen mit der Schilderung, wie wir den Eingang zur Insel von der See her auffanden, und dann habe ich der Reihenfolge nach alles beschrieben, was ich während deiner Abwesenheit gesehen und getan habe. Ich habe eingehend jeden einzelnen Fund aufgeführt, ebenso jede Entdeckungstour, die ich

durch die Felsentunnels unternommen habe. Dann habe ich das Blaue Tal photographiert, das Kleine Tal und alle Schluchten. Desgleichen habe ich die genauen geschichtlichen Daten der Insel notiert, wie sie sich aus meinen Funden ablesen lassen. Ich habe dargelegt, daß die Blaue Insel meiner Überzeugung nach den Spaniern während der Eroberung der Neuen Welt als Nachschubbasis gedient hat, ebenso wie Kuba und Puerto Rico. Von hier aus haben sie ihre Heere mit Lebensmitteln und Waffen versorgt...«

»...und mit Pferden!« warf Steve ein.

»Ja, auch mit Pferden«, stimmte Pitch zu, »mit Pferden edelsten Blutes, mit den besten Exemplaren der in Spanien gezüchteten Rasse. Pferden, die sich mit Cortez, Pizarro und De Soto in Schlachten und welterschütternden Abenteuern bewährten!« Pitchs Augen glänzten vor Begeisterung. »Ich habe auch erwähnt, daß ich diese Insel für die letzte Festung und Zuflucht der Spanier im Karibischen Meer halte. Ich vermute, daß sie sich in diese nämliche Festung zurückzogen, als sie gegen Ende des 17. Jahrhunderts durch die Engländer und Franzosen vom amerikanischen Festland vertrieben wurden. Schließlich wurden sie aber so hart bedrängt, daß sie auch diese Insel in großer Eile räumen und daher die Vorfahren dieser Pferdeherde zurücklassen mußten.«

Pitch ging zum Kochherd. Steve folgte ihm und fragte hastig: »Aber fertig bist du mit deiner Arbeit noch nicht, wie?«

»O nein, noch lange nicht! Da gibt es noch sehr vieles, was ich hinzufügen möchte, ich werde noch Jahre benötigen, für Ausgrabungen, Erkundungen der Tunnelanlagen und alle möglichen Aufzeichnungen, bis diese Arbeit beendet ist. Erst dann will ich das Manuskript einer Historischen Gesellschaft schicken.«

Steves Spannung wich. Er wußte, daß diese Insel ihnen nicht mehr allein gehören würde, sobald erst einmal Pitchs Entdeckungen veröffentlicht waren. Er war unendlich erleichtert, daß Pitch voraussah, es würden mehrere Jahre vergehen, ehe sein Werk abgeschlossen sein würde. Je länger es dauerte, desto besser! Steve liebte Feuerstrahl und seine Herde und das märchenhaft schöne

Blaue Tal zu sehr, als daß er sich des Gefühls geschämt hätte, die ganze Herrlichkeit möglichst lange für sich allein bewahren zu wollen.

Pitch fuhr fort: »Ach weißt du, ich habe auch eine Karte der Insel gezeichnet. Sie ist natürlich nicht genau, aber ich möchte sie dir einmal zeigen!« Mit diesen Worten ging er zu einer Kiste am Eingang der Höhle, entnahm ihr eine große Papierrolle und breitete sie auf der anderen Kiste aus, die er als Schreibtisch benutzt hatte.

Er blickte empor zum nächtlichen Himmel und sagte: »Stell dir vor, Steve, wir schauten von oben auf die Insel herab. Keineswegs könnte man zwar vom Flugzeug aus mehr sehen, als eben gerade, daß es ein Tal gibt, das von den Felswänden eingerahmt wird«, fügte er hastig hinzu. »Kurz, es handelt sich hier nur um eine Zeichnung aus der Vogelschau. Das Innere unsrer Insel sieht dann so aus.« Er setzte die Spitze seines Bleistifts auf die Stelle, die den südlichsten Teil der Blauen Insel darstellen sollte, nämlich auf die sandige Landzunge mit der Schlucht und dem Landesteg. »Von hier wollen wir ausgehen, weil wir von hier aus ja auch im vergangenen Sommer unsere Erkundungen begonnen haben. Ich habe die Stelle auf der Karte als Schlucht bezeichnet. Wir blieben damals an ihrem Ende stehen und schauten an den Felswänden empor. Hoch oben an der Steilwand fiel uns eine hervorstehende Klippe auf, die ich hier ›Ausguckfelsen‹ genannt habe. Dort sahen wir in unserer ersten Nacht Feuerstrahl stehen. Daher wußten wir ja, daß die Blaue Insel nicht allein aus Felsgestein bestehen konnte, wie alle Welt meint. Ein Pferd hätte ohne Weideland und Wasser nicht leben können.«

»Kannst du mir folgen?« fragte Pitch und fuhr fort, als Steve bejahend nickte: »Gut, also hinter dieser Klippe befindet sich eine schmale Felsplatte und eine Höhle, die man von unten nicht sehen kann. Wir gehen nun da hindurch, siehst du, hier auf der Karte, und folgen einem steil bergab führenden Pfad, der in eine flaschenförmige Schlucht mündet. Ich habe sie dementsprechend ›Flaschenschlucht‹ genannt. Wenn man sie durchquert, gelangt man direkt ins Blaue Tal.«

Steve konnte in einiger Entfernung in der Felswand, in der sich ihr Lager befand, eine dunkle Spalte erkennen. »Ich habe diese Schlucht zwar bemerkt«, bestätigte er, »bin aber voriges Jahr nie dorthin gekommen.«
»Laß uns nun noch einmal auf die Landzunge zurückkehren«, sagte Pitch und setzte die Spitze seines Bleistifts an dieser Stelle wieder auf die Karte. »Als wir Feuerstrahl in jener ersten Nacht auf dem Ausguckfelsen stehen sahen, erkannten wir, daß es einen anderen Eingang zur Blauen Insel geben mußte. Von der Landzunge aus ins Innere zu gelangen, war ausgeschlossen. So nahmen wir unser kleines Beiboot und ruderten so dicht unter Land wie möglich um die Insel herum, bis wir die Stelle entdeckten – du erinnerst dich: über zwei aus dem Wasser ragende Felsblöcke konnten wir an den kaum zwei Fuß breiten Strand gelangen und damit zu dem hier auf der Landkarte ›Kamin‹ genannten Schacht, der in die Höhe führt. Ich habe ihm diesen Namen gegeben, weil wir darin emporgeklommen sind und oben auf einem Absatz einen Ventilationsschacht entdeckt haben, der wiederum einem Kamin gleicht. Durch diesen sind wir ins Felseninnere, nämlich in das ausgedehnte Tunnellabyrinth, gelangt... weißt du noch?« Pitch verstummte, und Steve forderte ihn nicht zum Weitersprechen auf. Beide dachten sie an die furchtbaren Stunden, die sie damals in jenem Labyrinth verbracht hatten. Nur durch Gottes Gnade war es ihnen geglückt, einen Ausgang zu finden und damit ihr Leben zu retten.
Pitch fuhr mit der Bleistiftspitze über das Gewirr von Linien hin und her, die die unterirdischen Gänge darstellen sollten. »Das ist keineswegs ein genauer Plan von der Anzahl und Richtung der Tunnels«, sagte er. »Ich wollte nur andeuten, wo sie sich befinden. Der Aufgabe, ihren Verlauf im einzelnen darzustellen, bin ich vorläufig noch nicht gewachsen.«
»Aber du kennst sie, nicht wahr?«
»Nur einige von ihnen, Steve, nur einen Bruchteil des ganzen Irrgartens! Dieses unterirdische Labyrinth ist eine Welt für sich! Aber nun weiter auf meiner Karte! Durch die Tunnels sind wir also ins Blaue Tal gelangt, dort wo der Wasserfall herabrauscht.

Von jener Stelle führt der Pfad der Felswand entlang zu unserm jetzigen Lagerplatz herab, von wo wir das Tal überblicken können. Den Rest kennst du gut, nämlich den Weg, über den wir zu unserer Barkasse gelangen. Ungefähr drei Kilometer weiter, am Ende des Tales, beginnt der Sumpf, den ich hier eingezeichnet habe.« Pitch wies mit seinem Bleistift auf die linke Seite des Tals. Unwillkürlich hoben Pitch und Steve nach dieser Erklärung den Kopf und spähten zu dem Sumpf hinüber, doch war es bereits zu dunkel geworden, sie konnten nichts mehr erkennen und richteten ihre Blicke wieder auf den Plan. »Hier auf der anderen Seite des Sumpfes«, fuhr Pitch fort, »befindet sich das ausgetrocknete Bett des Flusses, der früher in den Sumpf mündete. Wir gehen in ihm entlang, bis wir ins ›Kleine Tal‹ kommen, wie ich es genannt habe. Wir durchqueren es und gelangen jetzt zu der Felskluft und jenseits davon zur Höhle, die uns zur Anlegestelle führt. Da, in der schmalen Fahrrinne, liegt unsere Barkasse. Und von dort gelangen wir unmittelbar zum Meer, durch das von außen unsichtbare Tor, durch das auch die Konquistadoren vor dreihundert Jahren Soldaten, Waffen und Lebensmittel in diese natürliche Festung gebracht haben.« Mit diesen Worten rollte Pitch seinen Plan zusammen.
»Das hast du sehr gut und deutlich gezeichnet!« lobte Steve. »Besser hätte es ein ausgebildeter Zeichner auch nicht machen können!«
Pitch lächelte. »O doch! Aber ich habe mir alle Mühe gegeben und freue mich, daß du daraus klug wirst!« Er packte den Plan wieder ein und sagte dann: »Jetzt wollen wir aber essen, Steve! Ich habe zu lange geredet, du mußt hungrig und müde sein, es war ein sehr langer Tag für dich.«

Am nächsten Morgen, gleich nach dem Frühstück, nahm Pitch die leichtere seiner beiden Spitzhacken und steckte seine Taschenlampen in einen kleinen Lederbeutel, den er sich über die Schulter hängte.
»Kann ich dir wirklich nicht helfen?« erkundigte sich Steve.
»Nein, danke, ich habe einen interessanten Tunnel entdeckt, den

kann ich besser erkunden, wenn ich allein bin.«
»Bist du aber auch vorsichtig?«
»Was meinst du wohl? Ich bin überaus vorsichtig, Steve, ich möchte mich auf keinen Fall verirren! Jeden neuen unterirdischen Gang, den ich auskundschafte, versehe ich mit deutlich sichtbaren Zeichen. Wenn du Lust hast, kannst du am Nachmittag ja einmal mitkommen und ihn dir ansehen!«
Steve versicherte, das würde er sehr gern tun.
»Gegen Mittag bin ich wieder zurück«, rief Pitch noch über die Schulter, als er den Pfad schon aufwärtsklomm, »du willst ja sicher den Vormittag mit Feuerstrahl und seiner Herde verbringen!«
Nachdem Pitch in der großen Öffnung oberhalb des Wasserfalls verschwunden war, hielt Steve nach Feuerstrahl Ausschau. Der riesige Hengst hatte während der letzten Stunde seine Herde mehrmals verlassen und war das Tal entlanggaloppiert, um zum Lagerplatz auf dem Felsvorsprung hinaufzuspähen. Ohne Zweifel hatte er Steve gesucht. Augenblicklich graste er wieder mit seiner Herde.
Steve stieg hinunter und ging auf die Pferde zu. Er war noch nicht weit gekommen, als Feuerstrahl ihn auch schon entdeckt hatte. Der Hengst hob den Kopf, wieherte, rupfte noch ein bißchen Gras und eilte Steve entgegen. Bei seinem Anblick wurde dem Jungen warm ums Herz. Was war dieses Pferd schön! Und es gehörte ihm! Es liebte ihn, es gehorchte ihm aus freiem Willen! In den vergangenen Monaten, die er fern von der Insel gelebt hatte, war es ihm oft wie ein Traum vorgekommen. War es nicht unwirklich, ein richtiges Märchen, daß es diese einsame Blaue Insel mitten im Meer gab und daß auf ihr ein so traumschöner Hengst mit einer traumschönen Herde lebte, von denen kein Mensch auf der ganzen weiten Welt etwas wußte, außer Pitch und ihm?
Als Feuerstrahl vor ihm stehen blieb, streichelte Steve das weiche Maul und ließ seine Hand über Stirn und Hals gleiten. Versunken fuhr er durch die windzerzauste rote Mähne und die Stirnlocke, die dem Pferd bis fast über die feurigen Augen hing.

Schließlich stieg er auf, lenkte den Hengst in Richtung auf seine Herde zu und ließ ihn selbst die Gangart wählen. Die Stuten mit ihren Saugfohlen wichen zur Seite, aber die langbeinigen Jungpferde blieben stehen und blickten ihm neugierig entgegen. Erst als Feuerstrahl einmal laut und gebieterisch wieherte, stoben sie auseinander. Steve mußte lachen, wie manche dabei in der Eile hart gegeneinander anrannten und strauchelten.
Feuerstrahl lief mit weiter ausholenden Sprüngen an der Herde vorbei, Steve duckte sich auf sein Genick. Eine Weile lang galoppierte Feuerstrahl aus voller Kraft, dann redete Steve ihm zu und richtete sich auf. Der Hengst verstand sogleich, wurde langsamer und fiel schließlich in Trab.
Sie waren jetzt an der linken Seite des Tals, in der Nähe des Sumpfes. In den ersten Strahlen der Sonne stiegen Nebelschwaden aus dem feuchten Gelände auf. Die Senke war nicht mehr als etwa hundert Meter breit und vierhundert Meter lang; um jedoch das ausgetrocknete Flußbett zu erreichen, das hier die Schranke der Felswand durchbrach, mußte man den Sumpf passieren. Glücklicherweise gab es einen festen, grünbewachsenen Damm, auf dem man entlanggehen und den tückischen Moorboden vermeiden konnte.
Steve wandte Feuerstrahl weg von dem trostlosen Fleck und lenkte ihn zurück zur Herde. Diesen Morgen wollte er einmal durch die Schlucht reiten, die zur Klippe hoch über der Landzunge führte. »Flaschenschlucht« hatte Pitch sie auf seinem Plan genannt. Die erwähnte Klippe hieß »Ausguck«, er vermutete, daß Pitch ihr diesen Namen gegeben hatte, weil die Spanier wahrscheinlich von dort aus jedes Schiff beobachten konnten, das sich von Antago und von Süden her der Blauen Insel näherte.
Er überließ es wieder Feuerstrahl, die Gangart zu wählen. In mühelosem Trab durchquerte der Hengst das Tal. Eine Schar von Jährlingen stob davon, als sie den Leithengst kommen sah. Steve schaute ihnen nach und wandte dann seinen Blick zu den Stuten mit ihren Füllen hinüber, die am Talrand weideten, der mit wildwachsenden Zuckerrohrstauden bestanden war. Neben Feuer-

strahl liebte er vor allem die staksigen kleinen Füllen; es sah reizend aus, wie sie sich dicht an ihre Mütter drängten und Schutz suchten vor allem, was sie erschrecken oder überraschen konnte.
Doch bald war die Herde weit hinter ihnen zurückgeblieben, und sie erreichten den Teich. Feuerstrahl streckte den Hals vor und trank. Als er seinen Durst gelöscht hatte, lenkte ihn Steve zum Südende des Tals hin, auf den Streifen wilder Zuckerrohrstauden zu. Dort entdeckte er den von Pitch beschriebenen Spalt in der Felswand und steuerte sein Pferd in den langen Hals der »Flaschenschlucht« hinein.
Der Boden bestand aus einer weichen Grasauflage, die den Fels bedeckte. Feuerstrahl wechselte vom Schritt zum Trab: Steve ließ ihn gewähren. Etwa hundert Meter lang streckte sich der »Hals« zwischen den nahe beieinanderstehenden Felswänden hin, dann weitete sich der Durchgang zu einem ebenen Talboden. Auch hier wuchs gutes, nahrhaftes Gras. Es war kurz abgeweidet, weil Feuerstrahl sich hier gern aufhielt, wie Steve wußte. Um sie herum strebten die hohen, gelben Felswände steil zum Himmel empor, und Steve sah zunächst nicht, von welcher Stelle her der »Ausguck« zu erreichen wäre. Aber der Hengst kannte den Weg offenbar genau, und so überließ Steve ihm die Führung.
Feuerstrahl steuerte auf die hinterste Felswand zu, die Steve bis jetzt nur von unten, von der Landzunge aus, kennengelernt hatte. Er wandte sich nach rechts, als sie nahe herangekommen waren, und nun entdeckte sein Reiter den engen Pfad, der an der rechten Felswand emporführte. Er hielt ihn für sehr eng und steil und versuchte, Feuerstrahl zum Langsamergehen zu veranlassen. Aber der Hengst schüttelte nur den Kopf, nahm einen Anlauf und überwand mit Leichtigkeit den ersten, steilsten Teil des Pfades. Dann nahm die Steigung nach und nach ab. Steve bemerkte die gleichmäßigen Ausbuchtungen an den Felswänden zu beiden Seiten des Pfades; hier hatten die Spanier offensichtlich den Weg zum »Ausguck« künstlich erweitert.
Auf halber Höhe der Wand betrat Feuerstrahl eine natürliche Felsspalte. Das Licht wurde hier dämmerig, doch konnte Steve den Himmel über sich sehen. Ein Stück hin verengte sich die

Kluft so, daß er hüben und drüben neben seinem Pferd die Wände berühren konnte. Er blickte nach oben und stellte fest, daß sich das Gestein über ihm zur geschlossenen Höhlendecke gewölbt hatte. Sofort zügelte er Feuerstrahls Lauf. Gleich darauf entdeckte er vorn helles Tageslicht, die Felsmauern wichen wieder auseinander – die große, niedrige Höhle, in der sie sich befanden, öffnete sich zum »Ausguck« hin.
Steve hielt den Hengst an und glitt von dessen Rücken herab. Vorsichtig tastete er sich auf die weit überstehende Klippe hinaus und sah zurück, ob ihm Feuerstrahl nicht etwa folgte. Es war äußerst unwahrscheinlich, daß sich gerade zu dieser Stunde ein Einwohner Antagos unten auf der Landzunge befand, aber er wollte kein Risiko eingehen.
Der »Ausguck« war in Wirklichkeit sehr viel größer, als es von unten gesehen den Anschein machte. Er mochte etwa fünfzehn Meter lang und neun Meter breit sein. Steve kroch auf dem Bauch bis an den Rand und blickte hinunter. Etwa neunzig Meter unter ihm lag die sandige Landzunge der Blauen Insel. Sie war menschenleer, und weit und breit war kein Schiff auf dem Meer zu sehen.
Nur die kleine Pferdeherde sah er das magere Gras abweiden, acht Stuten mit ihren Fohlen und einen kleinen, mageren, zottigen Hengst. Ihretwegen hatte er sich im vorigen Jahr auf die Blaue Insel begeben; Pitch hatte ihm in einem Brief von ihnen berichtet.
Man hielt sie für Nachkommen der Pferde, die die spanischen Konquistadoren geritten hatten. Alle paar Jahre einmal wurde in den Zeitungen von Nord- und Südamerika ein Bericht über sie gebracht. Niemand wußte, ob das Gerede den Tatsachen entsprach. Nachdem Steve und Pitch Feuerstrahl und seine herrliche Herde im Blauen Tal entdeckt hatten, wußten sie, daß die Wahrheit nicht weitab liegen konnte, während die meisten, sich sehr weise dünkenden Einwohner Antagos die Geschichte als ein Märchen abtaten, erfunden, um Touristen anzulocken.
Wie sich alles in Wirklichkeit abgespielt haben mochte, wußte Steve so wenig wie alle anderen, obwohl er und Pitch oft über

die Herkunft der unschönen kleinen Pferde hin und her gerätselt hatten. Mit Feuerstrahl und seiner Herde hatten sie bestimmt nichts gemein. Pitchs Vermutung traf wahrscheinlich ins Schwarze: daß nämlich die Konquistadoren die minderwertigen Pferde auf der Landzunge gelassen und die hochwertigen in das geschützte, fruchtbare Innere der Insel gebracht hatten. So war es nur natürlich, daß die beiden Herden voneinander so verschieden waren wie irgend möglich, da beides zusammenwirkte: der Unterschied sowohl vom Erbe ihrer Vorfahren her wie der Bedingungen, unter denen sie seit vielen Generationen gelebt hatten.
Steve hörte Feuerstrahl hinter sich, er stand auf und trat neben ihn. Feuerstrahls Ohren waren nach vorn gespitzt, und seine Nüstern vibrierten. Er wieherte den unten weidenden Stuten zu. Die Herde stob ängstlich auseinander, nur der kleine Hengst blieb stehen, hob den Kopf und antwortete herausfordernd. Feuerstrahls Gewieher war schrill und angriffslustig, er rannte auf dem Felsen hin und her und bebte vor Kampflust.
Steve schritt zurück in die Höhle. Er rief und pfiff, in der Hoffnung, daß Feuerstrahl ihm nachkommen würde, doch erst, als er sich dem Pfad näherte, hörte er Huftritte hinter sich.
Als sie wieder unten im Blauen Tal anlangten, blickte Steve zum Lager hinüber und stellte fest, daß Pitch bereits zurückgekehrt war. Feuerstrahl folgte Steve nicht länger, sondern lief hinüber zu seiner Herde. Der Junge schaute ihm nach, bis er plötzlich zu seiner Rechten das Geräusch niedergetretener Zuckerrohrstengel vernahm. Als er sich umsah, entdeckte er eine schwere, braune Stute, die sich allein durch die Zuckerrohrstauden zwängte. Er beobachtete sie, bis sie auf einer kleinen Lichtung nahe der Felswand stehenblieb. Unschwer erriet er aus ihrem Umfang und Verhalten, daß sie sich hierher zurückgezogen hatte, um ein Fohlen zur Welt zu bringen. Am Nachmittag oder in der kommenden Nacht würde es soweit sein.
Steve ging weiter auf das Lager zu. Das Fohlen, das diese Stute haben würde, interessierte ihn ganz besonders, denn er hatte noch niemals ein eben erst geborenes Pferdchen gesehen, und

überdies würde es ein Kind Feuerstrahls sein! Würde es die Feuerfarbe seines Vaters oder das dunkelbraune Fell seiner Mutter erben? Oh, er würde alles daransetzen, die Geburt entweder mitzuerleben oder sich wenigstens das Neugeborene gleich danach anzusehen!
Er kam sich vor wie der glücklichste Junge auf der Welt. Schon von weitem rief er seinem Freund zu und konnte es nicht erwarten, ihm die aufregende Neuigkeit mitzuteilen.

Die braune Stute

»Iß deine Bohnen auf!« befahl Pitch ein wenig streng. »Und höre endlich auf, immerzu nach der braunen Stute auszuschauen! Solange es Tag ist, wird sie ihr Fohlen ohnehin nicht zur Welt bringen. Stuten sind wie Frauen – sie bekommen ihre Babies immer zu den unvernünftigsten Nachtzeiten, bloß um es spannend zu machen!« fügte er lächelnd hinzu.
Steve lächelte gleichfalls. »Woher weißt du das denn, Pitch? Du bist doch Junggeselle!« Nachdem er endlich sein Bohnengericht beendet hatte, tat er den leeren Teller in den bereitstehenden Eimer mit heißem Wasser.
»Wie hieß doch das Ehepaar, das die Pension daheim in eurem Wohnblock betrieb?« fragte Pitch statt einer direkten Antwort auf seines Freundes Frage.
»Reynolds«, sagte Steve, »du solltest dich daran erinnern können, wo du doch fünf Jahre bei ihnen gewohnt hast!«
Pitch nickte. »Ja natürlich. Frau Reynolds gebar während dieser Zeit drei Kinder, alle zwischen drei und fünf Uhr nachts. Herr Reynolds hat mir oft geklagt, wie unvernünftig das doch von seiner Frau sei...«
»Trotzdem können Kinder und auch Fohlen am Tage geboren werden!« beharrte Steve.
»Vielleicht! Aber ich bezweifle es...«
Steve nahm eine Dose Trockenmilch, goß zwei Eßlöffel davon

in ein Viertelliterglas, das zur Hälfte mit Wasser gefüllt war, rührte sorgfältig um und trank mit Behagen davon. »Schmeckt wie richtige Milch!« sagte er zu seinem Freund, nachdem er seinen Durst gestillt hatte.
»Es ist ja auch richtige Vollmilch, du hast nur das Wasser hinzugefügt, das man ihr beim Trocknungsvorgang entzieht.«
Steve spähte wieder hinüber zu der kleinen Lichtung hinter dem Zuckerrohr an der anderen Seite des Tales. Doch die braune Stute schien es nicht eilig zu haben mit der Geburt, sie weidete wieder mit den anderen. Pitch hatte wahrscheinlich recht, es würde noch mehrere Stunden dauern, ehe sie ihr Fohlen bekam.
Er wusch das Geschirr ab, während sein Freund die schöne Bronzelanze betrachtete, die er am Morgen in den unterirdischen Gängen gefunden hatte.
»Ich war heute mit Feuerstrahl auf dem Ausguck«, berichtete Steve nach einer Weile, »und habe von dort aus die erbärmlichen Pferdchen auf der Landzunge beobachtet. Es sind acht Stuten mit ihren Saugfohlen und ein Leithengst. Demnach muß Tom im vorigen Jahr alle Fohlen und Jährlinge weggefangen haben.«
»Das vermute ich auch,« sagte Pitch.
Steves Augen ruhten mit einem Ausdruck von Betroffenheit auf seinem Freund. Wie oft er es auch schon versucht hatte, es war ihm nicht geglückt, Pitch dazu zu bringen, von seinem Stiefbruder zu sprechen. Tom hatte von der Verwaltung von Antago den Auftrag, alle fünf Jahre die überzähligen Pferde auf der Landzunge einzufangen, damit nur eine kleine Herde zur Fortpflanzung übrigblieb, so daß die spärliche Nahrung auf der Landzunge ausreichte. Tom verkaufte die eingefangenen Pferde, behielt seinen Anteil am Erlös und führte den Rest an die Regierung ab. Die geringfügige Summe, die die minderwertigen Pferde einbrachten, war weder für Tom noch für die Regierung von Belang. Steve wußte, daß Tom den Auftrag nur ausführte, weil es ihm riesigen Spaß machte, die Tiere einzufangen und sie dann mit eiserner Hand unter seinen Willen zu zwingen, zu »brechen«, wie der bezeichnende Ausdruck lautet. Die Regierung war an Toms Wildpferdefang nur wegen der Photos und

Meldungen interessiert, die die Presse dann jeweils brachte. Ein solches Zeitungsphoto hatte Pitch im Vorjahr Steve geschickt. Als Steve ein paar Tage zuvor in Antago eingetroffen war, hatte sich Tom gerade nicht auf seiner Zuckerplantage befunden, und Pitch war, so oft Steve ihn gefragt hatte, nur immer sehr wortkarg ausgewichen, sein Stiefbruder sei auf Reisen.
Da Steve jedoch selbst auch nicht gern an Tom dachte, wandte er seine Gedanken jetzt lieber wieder Feuerstrahl zu. Der Hengst hatte seine Herde inzwischen weit im Hintergrund zum Weiden zusammengetrieben, und Steve überlegte gerade, ob er sich zu ihm gesellen sollte, als Pitch ihn vom Eingang der Höhle her rief.
»Ich möchte dir gern einiges zeigen, was ich in den Tunnels und Höhlen gefunden habe«, sagte er und nahm die Lampe zur Hand, »ich habe alles hier aufgehäuft.«
Sie begaben sich in den hinteren Teil der Höhle, und Pitch stellte die inzwischen angezündete Lampe neben eine Kiste, deren Deckel er hob, um ihr seine Funde einen nach dem anderen zu entnehmen. Mit liebevoller Sorgfalt legte er sie vor Steve auf den Boden: einen angelaufenen Silberbecher, ein Hufeisen, einen schweren Schuhsteigbügel aus Bronze mit wundervoller Gravur, einen kurzen Säbel, eine lange Lanze, wie sie die Konquistadoren in der Schlacht trugen, einen Helm, einen Kettenpanzer und noch viele andere kostbare Stücke. Pitch benötigte eine volle Viertelstunde, um alle seine Schätze aus der Kiste zu heben und seinem jungen Freund vorzuführen.
»Ich glaube kaum, daß es auf der ganzen Welt eine schönere private Sammlung solcher Gegenstände gibt, als es die meinige hier jetzt schon darstellt!« sagte Pitch stolz, während er seine Kostbarkeiten behutsam wieder in die Kiste räumte.
Als sie aus der Höhle traten, blieben sie ein Weilchen auf der Felskanzel stehen und erfreuten sich am Anblick des Blauen Tals. Feuerstrahl hatte seine Herde jetzt ganz ans äußerste Ende getrieben, und die braune Stute weidete in der Lichtung.
»Hättest du Lust, dir heute nachmittag die Tunnels ein wenig anzusehen?« fragte Pitch. »Mir wäre es erwünscht, damit du weißt, wo ich unseren Reserveproviant gelagert habe.« Er ging voraus

auf dem Weg zum Wasserfall und blieb vor der großen Öffnung stehen, durch die der unterirdische Fluß ausströmte. Er zückte seine Taschenlampe und sagte: »Ich möchte, daß du die Tunnels nur im Notfall betrittst. Nimm dann jedesmal diesen Lederbeutel mit, Steve. Darin befinden sich drei Taschenlampen sowie Vorratsbatterien und -glühbirnen. Du kennst den Grund: wenn man ohne Licht in das Tunnellabyrinth eindringt, so bedeutet das den sicheren Tod. Und jetzt komm!«
Steve folgte ihm den Bach entlang. Bald wurde das Licht dämmerig, und man vernahm das Dröhnen des Wasserfalls nur noch schwach. Als sie um eine breite, allmählich abwärts führende Kurve gebogen waren, sah Steve nur noch tiefe Finsternis vor sich. Pitch knipste die Taschenlampe an, in deren Strahl er ohne Zögern voranging.
Nachdem sie länger als eine Viertelstunde gewandert waren, blieb Pitch plötzlich stehen und richtete den Lichtkegel seiner Lampe auf die Tunnelwand neben sich. Steve sah Buchstaben und Kreidezeichen. Ein paar Schritte weiter gelangten sie in einen anderen Tunnel.
»Ich habe mir alle diese Buchstaben und Zeichen ausgedacht, sie haben alle eine bestimmte Bedeutung«, erklärte Pitch. »Sie sind eine Art Code, ich weiß dadurch stets, wo ich mich befinde. An jeder Gabelung habe ich sie angebracht, an jeder Ecke und jeder Abzweigung. Für heute genügt es, daß du dir den Buchstaben ›C‹ merkst, und auch für später, falls es notwendig werden sollte, daß du von unseren Vorräten etwas holen mußt, während ich gerade nicht da bin. Du brauchst nur allen Tunnels zu folgen, die mit ›C‹ bezeichnet sind. Mehr brauchst du vorderhand nicht zu wissen.«
Er ging voran in den neuen Gang, wies Steve mit der Taschenlampe auf das an der Wand angebrachte »C« hin, das von anderen Buchstaben und Zahlen umgeben war, und ging dann weiter. Bald darauf gelangten sie an eine Kreuzung, wo drei Gänge in verschiedenen Richtungen abzweigten. Pitch richtete seine Lampe auf die Wände, und Steve entdeckte den bewußten Buchstaben nur am äußersten linken Tunnel. Sie mußten jetzt gebückt

weitergehen, weil die Decke niedriger wurde.
Steve hielt sich dicht bei seinem Freund, er bewunderte, wie sicher sich dieser hier unten bewegte, und hoffte im stillen, es würde niemals dazu kommen, daß er allein durch dieses finstere Labyrinth wandern müßte. Von Pitch wußte er, daß hier die Natur viele Tausende von Jahren am Werke gewesen war und ein Archäologe das unschwer feststellen konnte, weil diese Gänge so zahlreich und die Decken so ausgezackt und unregelmäßig waren. Nur an gewissen Stellen erwies es sich, daß Menschenhände in späterer Zeit nachgeholfen hatten: der Boden war in manchen Gängen geglättet, und in gewissen Höhlen waren die Wände zurechtgehauen und regelmäßig. Die unseligen Sklaven der Konquistadoren mußten hier viele Jahre Fronarbeit geleistet haben...
Jetzt wurde die Decke des Tunnels höher, so daß sie sich wieder aufrichten konnten, und plötzlich blieb Pitch stehen. Steve sah linker Hand den breiten Eingang zu einer geräumigen saalartigen Höhle. Er erkannte sie wieder – damals, als sie sich verirrt hatten, war er schon einmal hier gewesen.
Es herrschte im Innern ein trübes, graues Licht, das durch einen Luftschacht einsickerte. Pitch blickte durch den Schacht nach oben. Steve tat es ihm nach. Hunderte von Metern über sich konnten sie den blauen Himmel sehen. Die Luft, die von oben hereinkam, war frisch und kühl.
Pitch richtete den Schein seiner Taschenlampe auf die eine Ecke des Raumes. Steve sah dort mehrere Kisten mit Konserven, einige Schaufeln, Spitzhacken, Laternen und Taschenlampen.
»Warum bewahrst du denn alle diese Vorräte hier auf und nicht lieber oben in unserem Lager?« fragte Steve erstaunt.
»Es ist eine Maßnahme für den Notfall.«
»Das verstehe ich nicht.« Steve schüttelte den Kopf. »Oben in der Höhle bei unserm Lager würde doch alles genau so sicher sein wie hier?«
Der Ältere lachte. »Wahrscheinlich hast du recht, aber ich bin schon immer übervorsichtig gewesen und habe meine Wertsachen lieber an zwei Stellen aufbewahrt. So werde ich auch im un-

glücklichsten Fall nicht alles auf einmal verlieren. Aus demselben Grund trage ich die Hälfte meines Geldes im Portemonnaie, die andre Hälfte in meiner Brieftasche – wird mir eines gestohlen, habe ich immer noch das andre...« Er lachte: »Freilich ist mir das bis jetzt noch nie passiert!«
»Aber ich glaube, du hast recht«, meinte Steve.
»Sei dem, wie ihm wolle«, fuhr Pitch fort, »es ist jedenfalls bequemer für mich, auch gleich hier Rast machen und mir eine Mahlzeit bereiten zu können, wenn ich im Tunnel arbeite. Ich habe hier nämlich auch einen kleinen Kochherd, wie du siehst.«
Pitch richtete das Licht seiner Taschenlampe auf einen langen Tisch aus Eisenholz, vor dem ein Stuhl stand. Beides hatten sie im vorigen Jahr schon an diesem Ort vorgefunden. »Gelegentlich bleibe ich auch hier sitzen und erledige Schreibarbeiten. Das Bewußtsein, am gleichen Tisch zu sitzen wie vor dreihundert Jahren die Konquistadoren, beflügelt meine Phantasie!« Er ließ den Lichtstrahl weiterwandern zu der Wand hinter dem Tisch. Dort prangte ein Wappenschild, das einen Löwen zeigte, der einen Vogel zwischen den Pfoten hielt. Darunter stand die Jahreszahl 1669. Pitch und Steve blieben längere Zeit schweigend davor stehen, dann wanderten sie ins Blaue Tal zurück.

Am Spätnachmittag verließ die braune Stute die Lichtung, um zur Tränke zu gehen. Langsam und vorsichtig ging sie dann wieder zurück, als wollte sie vermeiden, daß das Fohlen, das sie im Leib trug, geschüttelt oder gestoßen werde. Als es Abend wurde, erkannte Steve, daß er bis zum nächsten Morgen warten mußte, ehe er feststellen konnte, ob das Fohlen eingetroffen war.
Als er in seinem Schlafsack lag, lauschte Steve dem stetigen Rauschen des Wasserfalls, in der Hoffnung, daß er dabei einschlafen würde. Doch es half ihm nichts. Pitch warf sich im Schlaf hin und her, und Steve glaubte zunächst, der unruhige Schlummer seines Freundes ließe ihn nicht einschlafen. Oder etwa die Gedanken, die ständig um die Stute kreisten? Er sagte sich, es sei töricht, sie benötige seine Hilfe nicht. Am Morgen war Zeit genug nachzusehen, was geschehen war. Er grübelte weiter. Ob es am

Ende daran liegen konnte, daß er einfach nicht müde genug war? Kaum, denn der Tag war lang gewesen. Lang und schön! Er schloß die Augen und versuchte, endlich einzuschlafen. Er hörte das leise Wiehern der Stuten und gelegentlich den schrillen Ruf des Hengstes, wenn er die Herde weitertrieb.
Steve überlegte, wie viele herrliche Tage vor ihm lagen. Länger als zwei Monate währten seine Sommerferien, er wollte sie nutzen und mit Feuerstrahl und seiner Herde zusammensein. Etwas Schöneres konnte er sich nicht vorstellen!
Doch wieder zwang ihn etwas, die Augen zu öffnen, er war hellwach. Dachte er an Tom Pitcher? Quälten ihn Pitchs ausweichende Antworten auf seine Fragen mehr, als er sich eingestehen wollte? Denn Tom ähnelte Pitch gar nicht; es bestand auch keine Blutsverwandtschaft zwischen beiden. Pitchs Vater hatte Tom als Baby adoptiert und ihm seinen Namen gegeben. Pitch und Tom waren in England miteinander aufgewachsen, dann wurden sie getrennt. Tom trat in die britische Armee ein und ging nach Indien, während Pitch auf eine Schule in den Vereinigten Staaten von Amerika geschickt wurde. Er war danach in Amerika geblieben und lange Jahre als Buchhalter tätig gewesen. Erst vor zwei Jahren, als er erfahren hatte, daß sein Stiefbruder auf Antago eine Zuckerplantage besaß, hatte er sich entschlossen, zu ihm überzusiedeln.
Tom hatte sich in der langen Zeit, in der sich die Stiefbrüder nicht gesehen hatten, völlig verändert. Er war hart und herzlos geworden, zuweilen sogar grausam. Steve hatte das alles im vorigen Sommer miterlebt. Er hatte bemerkt, daß Pitch vor seinem Bruder Angst hatte, und ihm selbst war der große, ungeschlachte Mann auch unheimlich gewesen.
Doch warum dachte er eigentlich an Tom Pitcher? Es gab doch gar keinen Grund, sich mit ihm zu befassen, er konnte ihnen nichts anhaben! Steve schloß wieder die Augen. Noch ein Weilchen, dann übermannte ihn endlich der ersehnte Schlaf.

Beim ersten Morgengrauen erwachte er. Es war gerade hell genug, um die Umrisse der weidenden Herde weit hinten im Tal

zu erkennen. Pitch schlief noch fest. Plötzlich kam Steve die braune Stute in den Sinn, und seine Augen suchten die Lichtung. Dort sah er sie nicht. Entweder hatte sie sich also niedergelegt, oder sie hatte einen anderen Ort aufgesucht. Hastig und ohne seinen Freund zu wecken, erhob er sich und lief auf die Stelle zu, wo er sie tags zuvor beobachtet hatte. Anfangs rannte er, dann aber, als er in die Nähe kam, duckte er sich und schlich unhörbar durch die Zuckerrohrstauden. Auf keinen Fall wollte er die Stute stören, falls ihr Fohlen inzwischen auf die Welt gekommen war. Er wollte sich nur vergewissern, wie es um sie stand, um ihr im Notfall beistehen zu können. Natürlich war es möglich, daß sie sich an einen weniger offenliegenden Platz zurückgezogen hatte, doch das bezweifelte er. Er war fast sicher, daß sie noch hier war.
Als er sich bis dicht an die Lichtung herangearbeitet hatte, entdeckte er sie. Sie stand auf den Füßen und bewegte sich nicht. Ihre Mähne war zerzaust, lange Grashalme hingen zwischen den Haarbüscheln, und ihr dunkelbraunes Fell war naß vor Schweiß. Sie starrte über das Rohr hinweg, sah Steve jedoch nicht. Dann wieherte sie und senkte den Kopf.
Aus all dem konnte man entnehmen, daß sie ihr Fohlen bekommen hatte. Steve näherte sich vorsichtig. Wenn sie ihn nicht sah, wußte sie nichts von seiner Anwesenheit, weil er gegen den Wind heranschlich und sie seinen Geruch so nicht in die Nüstern bekam. Als sie einen pfeifenden Ton von sich gab, blieb Steve wie angewurzelt stehen. Erst nach einer Weile wagte er es, sich aufzurichten und über das Rohr hinwegzuspähen. Die Stute stand noch an derselben Stelle. Steve erriet, daß das Fohlen saugte und daß alles in bester Ordnung war. Er duckte sich wieder zwischen die Stauden und blieb eine Weile sitzen, denn auf keinen Fall wollte er Mutter und Kind beunruhigen, das Fohlen brauchte die nahrhafte Milch.
Endlich stand er dann auf, und als er die Stute langsam über die Lichtung gehen sah, richtete er sich zu voller Höhe auf. Sie blieb stehen, als sie ihn entdeckte, er bewegte sich nicht weiter und sprach sanft auf sie ein. Sie beobachtete ihn eine Minute lang

und wandte sich dann wieder ab, seine Gegenwart beunruhigte sie offensichtlich nicht.
Er ging langsam auf sie zu und sprach dabei unentwegt auf sie ein. Noch konnte er das Fohlen nicht sehen. Noch ein paar Schritte, und er würde Gewißheit haben! War es ein Stütchen? Und hatte es Feuerstrahls rotes Fell oder das dunkelbraune seiner Mutter? Er hörte jetzt, wie es sich bewegte, winzige Hufe tappten unsicher neben der Mutter her. Noch ein paar Meter, und Steve stand am Rand der Lichtung.
Da entdeckte er das Fohlen – es war eine Stute! Das Fell war noch feucht, die Mähne bestand nur erst aus ein paar Stoppelchen. Die Farbe war die des Vaters!
Steve sah den beiden mehrere Minuten zu, dann erst merkte er, daß sich links von ihm etwas leise bewegte. Er fuhr herum und sah – das zweite Fohlen! Es waren also Zwillinge! Ihm war bekannt, daß die Überlebenschancen in diesem Fall sehr gering waren – bei Pferden rechnet man auf zehntausend Geburten nur eine glückliche Zwillingsgeburt.
Das zweite Fohlen versuchte auf die Beine zu kommen. Es war ebenfalls leuchtend fuchsrot und – ein Hengst! Es stand auf wakkeligen, schwachen, langen Beinen und wagte nicht, sich zu bewegen, aus Angst, hinzufallen. Mit großen, trüben Augen blickte es zu seiner Mutter hinüber und versuchte darauf vorsichtig, seinen Kopf zu Steve herumzudrehen. Dabei verlor es das Gleichgewicht und fiel hin.
Steve sprang hinzu und stellte es wieder auf die Beine. Es schwankte, er mußte es stützen. Die sanften Augen sahen ihn an, dann versuchte es an seiner Hand zu saugen.
Die kleine Stute hatte eben ihre Mahlzeit beendet. »Jetzt bist du an der Reihe!« sprach Steve, hob das kleine Wesen hoch und trug es hinüber zu der Stute. Sein Herz pochte laut vor Sorge, denn er hatte gelesen, daß die Mütter von Zwillingsfohlen meistens eines der beiden nicht saugen lassen. Als er sich ihr näherte, entfernte sich die Stute, aber sie verließ die Lichtung nicht, denn ihre kleine Tochter war noch nicht soweit, daß sie ihr folgen konnte. Sie wandte ihren Kopf um und sah zu, wie Steve den

kleinen Hengst neben seine Schwester stellte. Die beiden sahen sich verwundert an, dann berührte die Stute den Bruder zärtlich spielerisch mit dem Maul, doch wäre er wieder gefallen, wenn Steve nicht zugegriffen und ihn gestützt hätte. Er war wesentlich schwächer als die Schwester, weil er noch keine Muttermilch bekommen hatte.
Der Junge sprach der Mutter liebevoll dringlich zu, sie solle zu ihren Kindern kommen. Sie sah zwar besorgt hin, aber sie kam nicht. Wieder suchte der kleine Hengst mit dem Maul bei Steve Nahrung. Er mußte endlich seine Milch bekommen, wenn er am Leben bleiben sollte.
Steve wartete nicht länger, er hob das Fohlen auf und trug es vorsichtig zur Mutter hinüber. Sie scheute und lief im Kreis um ihn herum und dann zu dem Stütchen. Steve folgte ihr, bis sie endlich stehenblieb und er ihr behutsam den kleinen Hengst zuschieben konnte. Ihre Ohren legten sich flach, und als das Fohlen sie berührte, biß sie nach ihm. Dann warf sie sich herum und lockte das Stütchen ans äußerste Ende der Lichtung. Steve trug den Hengst hinter seiner Mutter her, aber er mußte sehen, daß die Mutterstute, gefolgt von ihrer kleinen Tochter, durch das Zuckerrohr davontrottete, der Herde im Hintergrund des Tales entgegen. Da wurde Steve klar, daß er ein verwaistes Fohlen in den Armen hielt.

Das verwaiste Fohlen

Das Fohlen machte nur matte Bewegungen, als Steve es wie einen Hund auf den Armen forttrug. Seine Augen blickten verwirrt und erschrocken. Was hatte jetzt zu geschehen? Jede neue Annäherung an die Stute würde vergeblich sein. Wie konnte man das Tier ohne seine Mutter am Leben erhalten?
»Nur keine Aufregung!« befahl Steve sich selbst. »Stelle es auf den Boden und überlege erst einmal in Ruhe! Vielleicht weiß Pitch Rat?« Er stellte das Fohlen auf seine wackligen Beine und

rief laut den Namen seines Freundes. Aber Pitch schlief offenbar noch fest, es kam keine Antwort.
Er heftete den Blick auf das Geschöpfchen. Die winzigen Hufe machten keinen Versuch, sich zu bewegen, doch der magere Körper, an dem die Rippen hervortraten, wankte ein wenig. Steve stützte ihn und sprach mit unsicherer Stimme: »Es wird schon recht herauskommen, warte nur. Deine Mutter kommt sicher zurück...«
Sicher war er aber seiner Sache durchaus nicht. Er bekam Angst. Das Fohlen starb unweigerlich, wenn die Mutter es nicht doch noch annahm.
Vielleicht war die Mutter durch sein Auftauchen verwirrt worden und hätte den kleinen Hengst angenommen, wenn er ihn nicht auf den Armen getragen hätte. War das nicht das Verkehrteste gewesen?
»Sie hätte den Zwilling wahrscheinlich ohnedies verstoßen«, sagte er nach einer Weile laut, um sich vor sich selber zu rechtfertigen. »Ich weiß es. Ich habe es irgendwo gelesen. Oder hat es mir jemand erzählt?«
Das Fohlen richtete die verschleierten Augen auf ihn. Es war hungrig und verstand nicht, was mit ihm geschah.
»Ich muß irgend etwas unternehmen«, beschloß Steve verzweifelt und versuchte krampfhaft, sich zu erinnern, wo und was er darüber gelesen hatte. Manches Kapitel über gebärende Stuten, über neugeborene Fohlen, speziell über Zwillingsgeburten... Sehr oft vernachlässigt die Stute eins der beiden...
Ja, »vernachlässigt« hatte es geheißen, nicht »verstößt«! Vielleicht nahm sie es doch noch an, wenn er es jetzt zu ihr hinübertrug: Mit Pitchs Hilfe würde das vielleicht möglich sein. Steve fiel jetzt ein, was er außerdem noch gelesen hatte. Er nahm eins der großen grünen Blätter von den Stauden und wischte dem Fohlen den Schleim aus den Nüstern, damit es besser atmen konnte; auch aus den Augen rieb er das Sekret, das dem Kleinen das Sehen erschwerte. Dann frottierte er das feuchte Fell, so gut es ging. Bald würde die Sonne aufgehen und es gründlicher trocknen, als es ihm möglich war.

Er strich dem Kleinen über den Hals und wandte sich wieder ab. Als er sich umdrehte, sah er, wie das Fohlen unglücklich hinter ihm hersah und sogar versuchte, ihm auf den schwächlichen Beinen nachzulaufen. Da ging er schnell wieder zurück und hob es auf. In seinen Armen wurde das Fohlen sofort ruhig, drehte ihm den Kopf zu und berührte ihn mit dem weichen Maul.
Steve stolperte über die niedergebrochenen Zuckerstauden, gewann aber sein Gleichgewicht zurück und ging vorsichtig weiter. Das Kleine war gar nicht leicht zu tragen; wenn es auch nicht mehr als vierzig, fünfundvierzig Pfund wiegen mochte, so war das Fell doch noch feucht und schlüpfrig. Erst als er die abgeweidete Grasfläche erreichte, kam er leichter vorwärts.
»Pitch«, schrie er, als er unterhalb des Lagerplatzes angelangt war. »Pitch!«
Es dauerte ein Weilchen, dann hörte er seinen Freund von oben herunter erschrocken rufen: »Laß das Fohlen stehen, damit es zu seiner Mutter zurückkehrt! Sonst greift dich die Stute an!«
»Sie will es ja nicht haben, Pitch!«
»Was sagst du da?«
»Sie kümmert sich nicht darum, sie hat es ausgesetzt!«
Pitch kam den Pfad heruntergelaufen.
Steve stellte das Tier vorsichtig auf die Füße und trat ein paar Schritte zurück. Unsicher wagten die dünnen Beinchen ein paar Schritte, aber es wäre hingefallen, wenn Steve nicht schnell wieder zugegriffen hätte.
Inzwischen war Pitch herangekommen und erkundigte sich, was geschehen war. Er sprach aufgeregt, denn es war ihm bekannt, wie gefährlich eine Mutterstute werden kann, wenn sie ihr Kind bedroht glaubt. »Die Stute hatte Zwillinge, Pitch!« Steves Stimme klang dünn und hoch, obwohl er sich Mühe gab, seine Erregung zu verbergen. Er erklärte dem Freund, was vorgefallen war, und bat ihn, ihm zu helfen, wenn er jetzt noch einen Versuch mache, das Fohlen wieder zu seiner Mutter zu bringen, denn es müsse sehr schnell Milch bekommen, wenn es am Leben bleiben sollte.
»Also gut«, sagte Pitch bereitwillig, »tragen wir es schleunigst

wieder zu ihr hin!«
»Damit ist es nicht getan, sie muß es auch säugen wollen!«
Pitch sah Steve verwirrt an. »Warum sollte sie es nicht trinken lassen, wenn sie seine Mutter ist?«
Steve erklärte so geduldig wie er konnte, daß er ja schon einen Versuch gemacht und daß die Stute zornig nach dem Kleinen gebissen hatte.
Erschrocken meinte Pitch: »Aber das kann sie doch gar nicht tun, das Neugeborene braucht sie doch, es geht doch sonst ein!«
Der Junge nickte verzagt und nahm den zitternden Körper wieder in die Arme. »Wir werden uns beim Tragen abwechseln«, sagte er.
Eben als sie sich zum Gehen wandten, kam Feuerstrahl angesprengt. Er blieb neben Steve stehen, ohne das Fohlen zu berühren. Steve sprach zu ihm, ging aber weiter. Vermutlich spürte der Hengst, daß etwas nicht stimmte.
Pitch ermahnte Steve, vorsichtig zu sein, Feuerstrahl könnte etwas mißverstehen und glauben, er wolle dem Fohlen etwas antun. Er fände es richtiger, wenn Steve jetzt ihm das kleine Tier zu tragen gebe und sich selbst mit dem Hengst beschäftige, um ihn abzulenken.
Steve leuchtete das ein. Er übergab Pitch das Fohlen, legte Feuerstrahl die Hand auf den Hals und schritt neben ihm her. Der Hengst war sichtlich erregt, seine Augen wichen nicht von seinem kleinen Sohn. Steve hielt sich ganz dicht an seiner Seite; er bewegte sich vorsichtig, empfand aber keine Furcht. Nach kurzer Zeit übernahm er das Fohlen wieder, wobei er unentwegt auf den Hengst einredete. »Wir tun ihm nichts«, sagte er beschwichtigend, »wir tragen es zu seiner Mutter zurück.« Das Fohlen hob den Kopf ein wenig, als sich Feuerstrahl zu ihm niederbeugte und es beschnupperte. Ihre Nasen berührten sich, und der Hengst zog den Kopf zurück. Er rannte ein Stück vor, kehrte aber gleich um, und als er nun wieder nebenherging, stellte Steve fest, daß er nicht mehr unruhig war. Vielleicht hatte er irgendwie gespürt, was vorgefallen war. Mindestens hatte er sich überzeugt, daß die Menschen seinem Kind nichts Böses antun wollten.

Die braune Stute weidete zwischen den anderen. Pitch sagte mit einem Blick auf das Hengstfohlen in Steves Armen: »Es sieht furchtbar schwach aus! Wie lange bleibt es denn überhaupt ohne Nahrung am Leben?«
»Das weiß ich leider nicht«, antwortete Steve, »nur ist mir klar, daß es sehr schnell Milch bekommen muß, denn man sieht, wie schwach und hungrig es ist.«
Sie blieben jetzt stehen, weil sie bloß noch etwa hundert Schritt von der Herde entfernt waren und einige der Mutterstuten auf sich zukommen sahen. Die Saugfohlen, die erst lustig umhergesprungen waren, suchten beim Anblick der näherkommenden Menschen Schutz hinter den breiten Leibern ihrer Mütter.
»Wir dürfen sie auf keinen Fall erschrecken«, warnte Steve, »sonst rennen sie weg, und wir haben keine Möglichkeit, näher an sie heranzukommen!«
»Was sollen wir denn tun?« fragte Pitch.
»Wir gehen ganz langsam noch ein wenig näher, und ich stelle das Fohlen auf den Boden«, sagte Steve, »dann treten wir zurück. Hoffentlich kommt seine Mutter zu ihm hin, wenn sie es alleine stehen sieht.«
»Hoffentlich hat sie nicht inzwischen überhaupt vergessen, daß es ihr Kind ist!« erwiderte Pitch.
Steve sagte nichts. Als sie bis auf fünfzig Meter an die Herde herangekommen waren, ließen sie das Fohlen allein zurück, entfernten sich und blieben dann stehen, um zu beobachten, was sich ereignen würde.
Feuerstrahl war an Steves Seite geblieben, doch jetzt stutzte er. Zwischen dem Fohlen und den beiden Menschen blieb er stehen und war offenbar unentschlossen, ob er sich Steve oder seinem Sohn zuwenden sollte. Eine Weile geschah nichts. Das Fohlen stand still wie eine Statue, es schaute gebannt zur Herde hinüber. Die Sonne ging jetzt auf über der östlichen Felswand, ihre Strahlen wärmten und trockneten das Neugeborene, das in das blendende Licht blinzelte, aber sich nicht von der Stelle bewegte.
Pitch sagte leise: »Die Herde bedeutet ihm nichts ohne die Mutter, es scheint nicht einmal zu wissen, daß es Geschöpfe seiner

Art sind.«
Die braune Stute entfernte sich jetzt von der Herde, ihre Tochter hielt sich in ihrer Nähe. »Vielleicht kommt sie nun doch zu ihrem Sohn!« sagte Steve hoffnungsvoll.
Es war ein Irrtum. Sie trieb nur ihre Tochter von den älteren Fohlen weg. Sie wußte, daß die Spiele der anderen ziemlich rauh waren und daß ihr Kind noch ein paar Tage benötigte, um so kräftig zu werden wie die anderen. Sie blieb dann stehen, senkte den Kopf und rupfte Gras, ohne die geringste Notiz zu nehmen von ihrem so nahe bei ihr stehenden Sohn.
Das Fohlen blickte zu ihr hinüber, aber nichts ließ vermuten, daß es seine Mutter erkannte, und es machte keine Anstalten, auf sie zuzugehen. Es wandte den Kopf und betrachtete die Herde, strebte aber nicht zu ihr hin. Entweder fürchtete es sich vor ihr, oder sie war ihm gleichgültig.
Pitch stellte kopfschüttelnd fest: »Die Stute beachtet ihn gar nicht, es ist, als ob sie gar nicht wüßte, daß sie ihn zur Welt gebracht hat! So etwas habe ich noch nie gehört!« Er machte eine Pause und fuhr dann entrüstet fort: »Es ist unrecht von ihr, Steve! Es ist einfach nicht recht. Komm, wir gehen ein Seil holen, binden sie an und tragen das Fohlen zu ihr hin!«
»Das ist unnütz«, sagte Steve unglücklich. »Es würde uns nie gelingen, eine Wildstute einzufangen und einfach festzubinden. Und selbst, wenn es gelänge, wären wir außerstande, sie zu zwingen, ihr Kind zu nähren. Es ist doch deutlich genug, daß sie es ablehnt!«
Das Fohlen bewegte plötzlich heftig seinen Schwanz, sein mageres Körperchen wurde ruckartig erschüttert.
»Fliegen«, sagte Steve deprimiert.
Pitch sah, wie die andren Fohlen in der Herde von den langen, hin und her peitschenden Schwänzen ihrer Mütter beschützt wurden, und er verstand Steves Traurigkeit.
Feuerstrahl ging jetzt an dem Fohlen vorbei zu seiner Herde. Er umkreiste die Stuten und wieherte mehrmals, als wollte er sie tadeln. Allein, er versetzte sie nur in Angst, sie zogen weiter weg ins Tal.

Feuerstrahl kam zurück und blieb kurz vor dem Fohlen stehen Sein langer Schweif fuhr hin und her, und zum erstenmal bewegte sich das Fohlen: vorsichtig wankte es an ihn heran, um in der Reichweite seines Schwanzes Schutz vor den Fliegen zu suchen.
»Da siehst du es, sein Vater hat ihn angenommen!« stellte Pitch fest.
»Er kann ihn nur leider nicht ernähren«, sagte Steve, »dazu braucht er die Mutter.«
»Ja, er muß um jeden Preis endlich Milch bekommen.« Pitch brach ab. Dann platzte er heraus: »Aber wir haben ja Milch, und zwar reichlich!«
Steve fuhr zu ihm herum. Daran hatte er überhaupt noch nicht gedacht. In seiner Aufregung war ihm der Gedanke an den Vorrat von Trockenmilch, den Pitch wohlüberlegt angelegt hatte, nicht gekommen – damit konnten sie das Fohlen auch ohne die Mutter am Leben erhalten!
Pitch ließ sich von seiner Aufregung anstecken. »Vielleicht gelingt es uns, ihn damit hochzubringen!«
Beide eilten auf das Fohlen zu. Pitch hob es auf, ohne darüber nachzudenken, daß Feuerstrahl das vielleicht mißdeuten könnte. Steve packte die Hinterbeine des Fohlens, während Pitch den Vorderkörper trug. So schnell sie es vermochten, schleppten sie das Tier zum Lager. Der Hengst folgte ihnen auf den Fersen.
In der Nähe des Teiches setzten sie ihre Last auf den Boden und liefen den schmalen Pfad hinauf. Pitch war der erste, der die Dose mit der Trockenmilch in die Hand nahm und die Gebrauchsanweisung durchlas. Er erklärte Steve, daß es ein besonderes Rezept zur Herstellung von Flaschenmilch für Babies gebe. Er drehte die Dose immer wieder um, ohne die gesuchte Anweisung zu finden. Schließlich entdeckten sie sie mit vereinter Anstrengung und beschlossen, lieber ein kleineres Quantum Trockenmilch auf einen halben Liter Wasser zu nehmen als angegeben, damit es für das Neugeborene nicht zu fett würde.
»So wären wir also Ammen geworden«, meinte Steve.
»Scheint so«, pflichtete ihm Pitch bei.

Feuerstrahls Zorn

Sie wurden sich schlüssig, gleich einen kleinen Vorrat von Babymilch herzustellen, denn in der Höhle war es kühl genug, daß sie sich halten würde. Sie wollten dem Fohlen immer nur wenig auf einmal einflößen, dafür aber jede Stunde. Dann erhob sich eine neue Frage: Wie sollten sie ihm das Getränk verabreichen? Bei aller wohlüberlegten Vorsorge hatte Pitch ja nicht ahnen können, daß sie einen Gummisauger für ein Kleinkind benötigen würden! Wieder berieten sie hin und her, es gab letzten Endes nur eine Notlösung: sie mußten es mit einem Teelöffel versuchen.
Nachdem sie der Milch noch ein wenig Zucker zugesetzt hatten, machten sie sich mit dem Gefäß auf den Weg zu dem inzwischen auf unsicher schwankenden Beinen ziellos hierhin und dorthin stolpernden Fohlen. Es war so schwach, daß es sich widerstandslos von Steve auf die Seite legen ließ. Beide knieten daneben im Gras, Steve redete liebevoll auf seinen Pflegling ein, hob dann das Köpfchen, damit ihm die Milch nicht in die »falsche Kehle« geraten konnte, und träufelte ihm ganz vorsichtig einen kleinen Schluck ins Maul.
Das Fohlen wehrte sich ein bißchen, versuchte sogar aufzustehen, aber es hatte nur wenig Kraft, so daß Pitch keine nennenswerte Mühe hatte, es festzuhalten. Beim zweiten Löffel ging es schon besser, beim vierten war es dann auf den Geschmack gekommen und nahm nun willig, was Steve ihm eingab.
Befriedigt hielten sie inne, als das Fohlen ungefähr einen Viertelliter Milch im Magen hatte. »So«, erklärte Steve, »dasselbe Quantum werde ich ihm zunächst jede Stunde einflößen, bis ich sehe, wie es ihm bekommt.«
»Das scheint mir die richtige Methode zu sein.« Pitch nickte, indem er sich erhob. »Aber du bist damit vollauf beschäftigt! Jedesmal mußt du die Schüssel und den Löffel sterilisieren und die Milch wärmen.«
»Das ist mir klar«, antwortete der Junge, »aber du brauchst mir

jetzt nicht mehr zu helfen, ich werde allein damit fertig.«
»Ich will dir aber gern helfen«, sagte Pitch schnell.
Das Fohlen machte keine Anstalten aufzustehen, aber es hielt die Augen offen, und sie waren jetzt viel klarer als vorher. Es atmete auch regelmäßiger und müheloser.
»Ich glaube, das Rezept ist richtig«, sagte Pitch, nachdem er ihren Pflegling betrachtet hatte. »Es scheint mir jetzt sehr zufrieden zu sein.«
»Wahrscheinlich hat die warme Milch es schläfrig gemacht«, meinte Steve, »Ruhe und Sonnenwärme werden ein übriges tun.«
Jetzt wurden Hufschläge hörbar. Sie wandten sich um und sahen Feuerstrahl angaloppiert kommen. Er blieb neben Steve stehen, betrachtete aber nur das Fohlen. Steve streichelte ihn und sagte: »Wir werden deinen Sohn sorgsam pflegen müssen, Feuerstrahl, er ist so winzig, es wird viel Mühe machen, ihn ein wenig zu Kräften zu bringen!«
Pitchs Blick wanderte über das Tal. »Es wäre ungleich besser, wenn wir die Mutter dazu bewegen könnten, ihn wenigstens einmal zu nähren, vielleicht würde sie ihn dann überhaupt annehmen. Die Kuhmilch, die wir ihm geben, ist nur ein schwacher Ersatz für die Muttermilch. Außerdem braucht er auch ihre Pflege. Ein Waisenkind zu sein ist immer schwer. Wie gut wir auch zu ihm sein werden, die Mutter können wir ihm keinesfalls ersetzen.«
»Aber was könnten wir bloß tun, Pitch?« fragte Steve bedrückt.
»Du hast mit jedem Wort recht, aber sie hat ihn nun einmal verlassen, und wir können sie nicht zwingen, ihn zurückzunehmen. Ich bin sicher, daß sie jetzt nicht einmal mehr weiß, daß es ihr Sohn ist.«
Feuerstrahl warf den Kopf auf, Steve streichelte ihn fast mit Heftigkeit, in dem Bestreben, sich von der Angst zu befreien, die ihn ebenso überkommen hatte wie seinen Freund.
»Ob es mir nicht gelingen würde, sie mit einem Seil einzufangen?« überlegte Pitch.
»Aber bedenke doch nur, es handelt sich um eine wilde Stute!« sagte Steve. »Es wäre völlig ausgeschlossen, daß du sie festhalten

könntest!«
»Ich könnte das Ende des Seils um einen der verkrüppelten Bäume schlingen, die dort drüben stehen, und wenn das getan ist, könnten wir das Fohlen schnell zu ihr tragen!« sagte Pitch eifrig.
Steve schüttelte zweifelnd den Kopf. »Ich glaube nicht, daß wir es fertigbringen! Und selbst, wenn wir sie an dem Baum festmachen könnten, würde sie eher nach dem Fohlen ausschlagen, als es trinken lassen.«
»Wir sollten trotzdem wenigstens den Versuch machen, Steve. Man soll immer erst alles versuchen, bevor man kapituliert.«
Steve sah zu dem Fohlen, das jetzt den Kopf auf die Seite gelegt hatte und schlief. »Man sollte alles versuchen, damit hast du recht.«
Den Nachmittag hindurch fütterte Steve das Fohlen jede Stunde, wie er es sich vorgenommen hatte. Pitch erbot sich, ihm zu helfen, aber es war nicht nötig, das Kleine nahm die Milch willig an. Man mußte viel Geduld haben und die Mühe nicht scheuen, aber es machte Freude, weil der Erfolg deutlich zu sehen war. Der Pflegling wurde munterer und teilnahmsvoller und strebte schon auf Steve zu, sobald er ihn kommen sah.
Am Abend sagte Pitch: »Er ist schon in dieser kurzen Zeit so anhänglich geworden, daß es schwer sein wird, ihn zu seiner Mutter zu bringen, selbst wenn es mir gelingt, sie an einen Baum zu binden.«
»Wenn sie ihn annimmt, wird ihn sein Instinkt sofort richtig leiten!« widersprach Steve, der gerade wieder am Herd stand und kochendes Wasser zubereitete.
»Du willst ihn doch wohl nicht die ganze Nacht hindurch jede Stunde füttern? Du brauchst selber Schlaf!«
»Ich habe vor, zwei oder dreimal aufzustehen«, sagte Steve. »Ich glaube, das wird genügen, wenn ich ihm jedesmal eine etwas größere Ration gebe.«
Pitch sah seinem jungen Freund eine Weile zu, dann erklärte er: »Ich habe einen Haltepfosten gefunden. Ich werde ihn morgen früh an einer passenden Stelle eingraben, dann passen wir den

richtigen Augenblick ab, um die Stute zu fangen und daran festzubinden.«
»Du hast recht«, sagte Steve, ohne hochzublicken. Am nächsten Morgen trieb Pitch seinen Pfahl unweit des Teiches fest in die Erde. Er glaubte, es würde die beste Gelegenheit sein, die braune Stute einzufangen, wenn sie hier zur Tränke kam.
Steve fütterte das Fohlen; ihm wollte es scheinen, als habe der zerbrechliche kleine Körper schon ein wenig zugenommen. Er sagte sich zwar, er könnte sich irren, aber daran, daß das Tier kräftiger und selbstsicherer geworden war, bestand kein Zweifel. Sein Blick war nicht mehr verschwommen und verwirrt, sondern glänzend und klar. Es beobachtete jede Bewegung, die Steve machte. Immer hielt es sich dicht bei ihm und entfernte sich nur ein paar Schritte, wenn Feuerstrahl bei ihnen war. Aber niemals folgte das Fohlen seinem Vater, wenn dieser wieder zur Herde zurücktrabte, sondern es wandte sich jeweils sofort um und hielt nach Steve Ausschau.
Als Pitch den Pfosten tief und fest in die Erde gegraben hatte, rief er Steve zu, er möchte herüberkommen und ihn begutachten.
»Der hält stand«, meinte er befriedigt, ehe beider Augen gleichzeitig zu der weit hinten im Tal weidenden Herde wanderten.
»Es wird nicht mehr lange dauern, bis sie zum Trinken an den Teich kommen«, sagte Pitch, »und weißt du, mir ist in der Nacht eingefallen, ob es nicht das klügste wäre, das Fohlen nachts in die ›Flaschenschlucht‹ zu bringen, damit die anderen Fohlen der Herde es nicht verletzen können; es ist doch so viel schwächer als sie.«
»In der vergangenen Nacht habe ich aufgepaßt«, sagte Steve. »Feuerstrahl gestattet keinem von ihnen, an unser Fohlen heranzukommen. Trotzdem hast du recht, Pitch, und es läßt sich ja leicht machen. Es könnte schon einmal vorkommen, daß Feuerstrahl nicht gleich zur Hand ist, wenn die anderen am Teich erscheinen. Wenn wir es in die ›Flaschenschlucht‹ bringen, sind wir sicher, daß ihm nichts geschehen wird.«
»Das dachte ich auch! Ich habe schon ein paar dünne Bäume umgehauen, aus denen wir einen Stangenzaun vor dem schmalen

Eingang machen können, dann muß das Fohlen darinbleiben, und die anderen können nicht zu ihm.«
Steve betrachtete nachdenklich den eingegrabenen Pfosten.
»Falls die Stute ihren Sohn aber annehmen sollte, nachdem wir sie angebunden haben, dann ist das nicht mehr nötig.«
»Selbstverständlich erübrigt es sich dann.«
Pitch ging nach diesem Gespräch hinauf zu ihrem Lager, während Steve sich wieder dem Fohlen zuwandte. Es nuckelte sanft an seinen Fingern, weil es Milch suchte.
»Du hast ja gerade erst getrunken!« sagte Steve. »Du mußt nun schon eine Stunde warten!« Mit Entzücken betrachtete er die weit auseinanderstehenden Augen, die mutwillig blitzten, als das Bürschchen jetzt seine Finger festhielt und daran sog. Wie schön versprach der Kopf zu werden, wie herrlich war das rote Fell! Es glich seinem Vater erstaunlich. Wenn es auch klein war, wahrscheinlich kleiner als alle anderen Fohlen bei ihrer Geburt gewesen waren, so war es doch eben ein Zwilling und würde bei guter Pflege sicher alles nachholen und einmal stark und groß werden wie sein Erzeuger. Aber auch ohne Muttermilch?
Steve sah nach, wo die Herde jetzt graste. Er wollte Pitch beim Einfangen der Mutter nach besten Kräften helfen, um wenigstens noch einen Versuch zu machen, ihr ihren Sohn wieder zuzuführen.
In diesem Augenblick wendete die Herde und kam langsam auf den Teich zu. »Pitch!« rief Steve. »Sie kommen!«
Wenige Minuten später stand Pitch neben ihm. Er brachte ein langes Seil als Lasso mit und schlug vor, das Fohlen zunächst in der »Flaschenschlucht« in Sicherheit zu bringen, damit es zunächst einmal aus dem Wege war. Sobald die Mutter eingefangen war, konnten sie es zurückholen.
Das Fohlen wehrte sich, als sie es hochnahmen – ohne Zweifel hatte es mehr Kraft als am Tag zuvor. Sie trugen es an die bezeichnete Stelle und legten mehrere Baumstämme davor und beschwerten sie mit Steinen. »Es ist nicht gerade ein sehr fester Zaun«, meinte Pitch, »aber vorläufig wird er seinen Dienst tun.«
Dann begaben sie sich zum Teich zurück und hielten sich ein

wenig im Hintergrund, um die Stuten nicht zu erschrecken. Zwischen all den anderen Mutterstuten war es schwer, die richtige zu erkennen, weil mehrere dunkelbraun waren. Bedächtig grasend näherten sich die Pferde. Feuerstrahl weidete allein weit im Hintergrund.

Steve warf einen Blick zur Seite, wo er oben am »Flaschenhals« hinter dem provisorischen Gatter den kleinen Hengst herüberlugen sah. »Hast du auch die Schlinge deines Seils nicht zu eng gemacht, daß sich die Stute erwürgen könnte?« fragte er seinen Freund.

»Keine Sorge, ich habe einen festen Knoten gemacht, die Schlinge kann sich unmöglich zuziehen«, versicherte Pitch, rasch atmend vor Spannung, denn eben kam eine Gruppe von Stuten näher, und die erwartete Braune befand sich unter ihnen. Sie war leicht an dem winzigen Stutfohlen zu erkennen, das sich ängstlich unter ihrem Leib hielt. »Bewege dich jetzt nicht!« fügte er nervös hinzu.

»Ich rühre mich nicht!« versicherte Steve, angesteckt von der Nervosität des andren. »Soll ich vielleicht versuchen, das Seil zu werfen?«

Sie stritten ein paarmal hin und her, im Grunde hatte keiner von beiden auch nur die geringste Erfahrung im Umgang mit einem Lasso. Man konnte ihr Unterfangen töricht und aussichtslos nennen, und sie hätten es ja auch nicht gewagt, wenn der kleine Hengst seine Mutter nicht so bitter nötig gebraucht hätte.

Beide bewegten sich ganz langsam der Felswand entlang. Das Rauschen des Wasserfalls machte ihre Schritte unhörbar. Auch der Wind stand für sie günstig.

Jetzt war die braune Stute in Wurfweite. Pitchs Körper straffte sich, Steve vermutete, daß er das Seil in dem Augenblick schleudern würde, wo die Stute den Kopf hob, nachdem sie ihren Durst gestillt hatte. Wenn er nur auf das Zwillingsfohlen gut achtgab, damit es bei dem gewagten Versuch nicht zu Schaden kam!

Die braune Stute richtete sich auf. Pitch warf das Seil. Doch anstatt über den Kopf glitt die Schlinge an der Seite ihres Halses

herunter! Die Stute wieherte laut auf und warf sich herum, die ganze Herde geriet in Bewegung, alles stieß und stolperte in der Hast durcheinander, alle versuchten gleichzeitig der unerwarteten Gefahr zu entkommen.
Pitch rannte vorwärts, er hatte wohl vor, einen zweiten Wurf zu wagen. Steve folgte ihm dicht auf den Fersen. Offenbar sah Pitch in der Verwirrung der Stute eine neue Chance.
In diesem Augenblick hörte man Feuerstrahls gewaltiges Schnauben, und gleich darauf kam er mit donnernden Hufen herangestürmt und raste auf Pitch los.
Steve schrie in seinem Schreck so laut wie noch nie in seinem Leben: »Feuerstrahl! Ruhig! Beruhige dich! Ich bin doch hier!« Damit lief er dem zornigen Hengst furchtlos entgegen, so daß er vor Pitch, den das Entsetzen hatte in die Knie gehen lassen, zu stehen kam.
Im gleichen Augenblick, in dem der Hengst seinen Freund Steve erkannte, warf er sich zur Seite, um ihn nicht zu überrennen. Schaum flockte aus seinem Maul, als er zum Stehen kam, ein Beben überlief seinen Körper...
Steve stolperte die wenigen Meter zu ihm hinüber. »Mein Pferd, mein Guter«, sagte er, und es klang wie ein Schluchzen. »Wir wollten ja deiner Stute nichts Böses tun!«
Feuerstrahl zuckte, als Steve ihn berührte, aber dann senkte er schnaubend den Kopf und duldete es, daß der Junge die Wange gegen sein samtweiches Maul preßte.
In Pitchs Kopf wirbelten die Gedanken. Es wäre sein Tod gewesen, wenn Steve nicht in der Nähe gewesen wäre... Was er eben mitangesehen hatte, glich einem Wunder. Der Wildhengst war Steve grenzenlos ergeben. Wenn er nicht mit eigenen Augen gesehen hätte, wie Steve im Sommer zuvor das Vertrauen des Hengstes gewonnen und Feuerstrahl seinen Freund dieses Jahr ohne Zögern wiedererkannt hatte, er hätte das für rein unmöglich gehalten. Und Leute wie Tom meinten, ein Pferd sei dazu da, gebrochen zu werden!

Das Schiffsversteck

Als sich Steve am Abend eben wieder mit der Milchschüssel hinunter zum Fohlen begeben wollte, kündigte Pitch an: »Ich habe mir überlegt, daß ich morgen schnell einmal nach Antago hinüberfahren werde.«
»Ist das unbedingt notwendig?«
»Ich möchte mit dem Tierarzt über die Ernährung des Fohlens sprechen. Am besten ist es, ich tue das recht bald.«
»Es kommt doch aber sehr nett voran mit unserer Trockenmilch, Pitch! Ich meine, die Sache eilt nicht, und du kannst deine Fahrt aufschieben, bis wir ohnehin Lebensmittel oder Werkzeuge brauchen. Des Fohlens wegen brauchst du doch keine Extrafahrt zu unternehmen!« Steve sagte das, weil er wußte, daß sein Freund begierig war, sich wieder seinen Ausgrabungen und seinem Manuskript zuzuwenden. Eine Fahrt nach Antago würde ihm einen vollen Tag rauben. Steve hatte ein schlechtes Gewissen, denn immerhin empfand sein Freund für Pferde im Grund nicht mehr als er für dessen Altertümer.
»Weißt du, ich möchte es gern hinter mich bringen. Wenn ich so etwas vorhabe, geht es mir sowieso nicht aus dem Kopf«, sagte Pitch, »und außerdem brauchen wir Trockenmilch, unser Vorrat geht rasch zur Neige.«
Steve hatte schon festgestellt, daß die Dose fast leer war, aber er hatte geglaubt, daß Pitch noch mehr Milch in seinem Tunnelversteck aufbewahrte. Da das nicht der Fall war, konnte die Fahrt allerdings nicht vermieden werden. »Aber wie willst du denn dem Tierarzt die Sache darstellen?« fragte er.
»Das ist doch einfach!« Der Ältere lächelte. »Ich frage ihn im Auftrag meines Freundes, der sich eines verwaisten Fohlens angenommen hat! Dabei lüge ich ja nicht einmal!«
Beruhigt ging Steve hinunter, um seinen Pflegling zu versorgen. Zu seiner großen Freude kam ihm das Fohlen diesmal schon munter entgegen. Mit dem gestrigen Tag verglichen, trottete es bereits verhältnismäßig sicher auf seinen dünnen Beinchen über

das Gras auf ihn zu und hob das Maul begierig der ihm wohlbekannten Schüssel entgegen. Steve hatte es nicht mehr nötig, es zum Hinlegen zu veranlassen, er brauchte nur im Stehen den Kopf zu halten und ihm Löffel für Löffel zu verabreichen. Wenn es erst einmal selber aus der Schüssel trinken konnte, würde das Füttern wesentlich leichter sein.
Als die Schüssel geleert war, massierte Steve leise die Beine bis hinunter zu den winzigen Hufen, welche an die eines Rehs erinnerten, um die Muskulatur zu kräftigen. Er tat das jedesmal, nachdem es seine Milch bekommen hatte. Er hob auch jeden Huf einzeln auf, damit es sich von früh auf daran gewöhnte, von ihm gepflegt zu werden und seinen Anordnungen Folge zu leisten. Da Pitch sowieso nach Antago fuhr, wollte Steve ihn auch gleich bitten, eine weiche kleine Bürste mitzubringen, denn der Striegel, den er für Feuerstrahl benutzte, war für das zarte Babyfell noch nicht zu gebrauchen.
Steve hatte sich alles genau überlegt. Je schneller und gründlicher er den kleinen Hengst zu »seinem« Pferd machte, um so weniger Schwierigkeiten würde er haben, wenn er ihn am Ende der Ferien nach Amerika mit heimnahm. Denn das hatte er fest vor! Er rechtfertigte sich vor sich selbst, indem er feststellte, daß das Fohlen, wie die Dinge nun einmal lagen, für mindestens sechs Monate, nämlich so lange es Milch bekommen mußte, vollständig auf seine Pflege angewiesen war. Infolgedessen mußte er es ja mitnehmen. Der tiefere Grund war natürlich, daß er in der langen Zeit, die er nicht auf der Blauen Insel verbringen konnte, einen Ersatz für Feuerstrahl ersehnte. Ihn konnte er nicht mitnehmen, denn er gehörte zu seiner Herde, während der junge Hengst ohnedies hier stets ein Außenseiter bleiben würde.
Damit ihm während der Nacht nichts geschehen konnte, nahm Steve das Fohlen und trug es hinüber in die »Flaschenschlucht«.
Früh am nächsten Morgen holte er es wieder ins Blaue Tal zurück und gab ihm seine erste Ration. Satt und müde legte sich das junge Tier danach im Gras zum Schlafen nieder.
Steve sagte seinem Freund Bescheid, daß er schnell einmal auf Feuerstrahl zur Barkasse reiten würde. Er wollte eine angebro-

chene Dose mit Trockenmilch holen, von der Pitch ihm erzählt hatte.
Pitch antwortete, es wäre ihm recht, er habe noch eine gute Stunde zu arbeiten, bevor er sich auf den Weg nach Antago machen wolle.
Steve ging ein Stückchen taleinwärts, stieß seinen gewohnten Pfiff aus, und kurz darauf regte sich etwas im Zuckerrohr: Feuerstrahl kam mit wehender Mähne angaloppiert und blieb vor ihm stehen. Steve schwang sich auf seinen Rücken, und willig, in immer schnellerem Galopp trug der Hengst ihn in der gewünschten Richtung davon. Steve lenkte ihn, weit links an der grasenden Herde vorbei, auf den langen, allmählichen Aufstieg zum westlichen Sockel der Felswand. Feuerstrahl schien zu ahnen, wohin sein Reiter gelangen wollte. Sein Tempo mäßigte sich von selbst, als sie in den Sumpf eindrangen. Vorsichtig hielt er sich auf dem festen Damm, der hindurchführte, und folgte dem ausgetrockneten Flußbett, dessen gelbe Seitenwände sich nach einiger Zeit öffneten und den Blick auf ein idyllisches schmales Tal freigaben. Am anderen Ende waren die Felsen vielfältig zerklüftet und zeigten tiefe Einschnitte und Spalten. Kurz davor glitt Steve vom Rücken des Hengstes und ging zu Fuß weiter auf eine der Felsspalten rechts von der Höhle zu.
Von dort war es nicht mehr weit zum Schiffsversteck. Steve hörte schon das Donnern der Brandung.
Am Ende der Spalte sah man ein großes Loch. Steve blieb einen Moment stehen, um seine Augen an das trübe, ungewisse Licht zu gewöhnen, dann eilte er weiter. Von Zeit zu Zeit fuhr ein Windstoß herein. Feiner weißer Sand bedeckte den Boden, und alsbald wurde es heller. Steve betrat jetzt eine große, rechteckige Höhle. Hier endete die schmale Fahrrinne vom Meer her, in der das Wasser im Rhythmus der gegen den Eingang andringenden Wogen an- und abschwoll.
Steve trat zur Motorbarkasse, die sie an einem der niedrigen, moosbedeckten Pfähle vertäut hatten. An Bord fand er die Dose Trockenmilch, an die sich Pitch erinnert hatte. Er stöberte in der Kombüse und an Deck, ob er noch etwas entdeckte, was sie im

Lager gebrauchen könnten. Doch er sah nur einige Seile und zwei Spitzhacken im Heck liegen. Ehe er ging, warf er einen Blick auf das große, zweiflügelige Schiebetor, das oben und unten in Balken mit großen Nuten lief. Seine Flügel konnten zur Seite geschoben werden, wenn sie den Weg hinein zur Insel oder hinaus zum Meer freigeben sollten. Für vorüberfahrende Schiffe war dieser Eingang unsichtbar, denn er hatte von außen die Farbe der Felsen und lag überdies zu niedrig, um bemerkt zu werden.
Durch diese Öffnung hatten die Konquistadoren ihre Männer, ihre Waffen und ihre Pferde ins Blaue Tal gebracht. Steve dachte nach, wieviel Zeit inzwischen vergangen war. Doch dann fielen ihm Pitch, Feuerstrahl und das Fohlen ein, und er lief eilig durch die Kluft zurück zum Kleinen Tal, wo Feuerstrahl auf ihn wartete. Er saß auf und ritt den Weg zurück.
Beim Durchqueren des Sumpfes überfiel ihn plötzlich eine innere Unruhe, die er sich gar nicht erklären konnte. Er mußte sich beherrschen, um den Hengst nicht zu einer schnelleren Gangart zu veranlassen. Sowie sie die gefährliche Stelle passiert hatten, wollte er ihn wieder in Galopp fallen lassen.
Doch eben kamen sie um die letzte scharfe Biegung und sahen das Tal vor sich liegen, als Feuerstrahl erschrocken innehielt – Steve sah es im selben Moment wie er: im Steingeröll lag das Fohlen auf der Seite, als wäre es tot.
Pitch, der atemlos angerannt kam, rief: »Es ist euch nachgelaufen! Es war mir unmöglich, es einzuholen!«

Rasch nach Antago

Steve sprang vom Pferd, das Herz lag ihm wie Blei in der Brust. Als er sich näherte, hob das Fohlen zu seiner Erleichterung den Kopf und wieherte leise. Dann legte es den Kopf wieder ins Gras. Seine Augen waren blank und klar, Schmerzen schien es nicht zu haben. »Vielleicht ist es nur müde«, sagte er hoffnungsvoll.

»Das könnte schon sein«, stimmte Pitch bei, »es ist euch den ganzen Weg bis hierher nachgekommen, obwohl ich immerfort gerufen und versucht habe, es einzuholen. Ich war aber zu weit hinter ihm, um zu sehen, ob es etwa gestolpert und hingefallen ist, oder ob es sich einfach ins Gras gelegt hat.«
Mit vereinten Kräften hoben sie es hoch und stellten es auf die Beine. Steve hielt es im Gleichgewicht und untersuchte erst die Vorder-, dann die Hinterbeine. Es schien alles in Ordnung zu sein. Aber dann entdeckte er, daß es mit dem rechten Hinterhuf nicht den Boden berührte... Steve tastete das Bein ab und fühlte eine Verdickung. »Gebrochen oder verstaucht...«, murmelte er traurig. »Wir müssen es sofort zum Tierarzt bringen!«
Da Pitch sowieso hatte nach Antago fahren wollen, war es das gescheiteste, wenn sie ohne jede Verzögerung aufbrachen. Sie beschlossen, das Fohlen mit Feuerstrahls Hilfe zu ihrer Barkasse zu transportieren. Steve saß auf und hielt das verletzte Tierchen vor sich im Arm, während Pitch nebenherwanderte und half, es im Gleichgewicht zu halten. Das letzte Stück Weges trugen sie es dann gemeinsam durch die Felskluft bis zu ihrem kleinen Schiff, wo sie es im Heck auf eine Decke legten. Es rührte sich kaum, wahrscheinlich war es sehr müde und hatte Schmerzen.
Unterwegs hatte Pitch seinem jungen Freund erzählt, daß der Tierarzt von Antago einen sehr guten Ruf genieße.
Steve war darüber sehr erleichtert gewesen und hatte gesagt, er hoffe nur, daß sie möglichst schnell wieder zur Blauen Insel zurückkehren könnten. Dann setzte er hinzu: »Falls wir auf Antago aber nun zufällig deinem Bruder in die Arme laufen sollten – was dann, Pitch?«
Pitch seufzte tief auf. »Jetzt ist der Augenblick gekommen, wo ich dir reinen Wein einschenken muß, Steve... Mein Stiefbruder hat sich in den letzten fünf, sechs Monaten sehr, sehr merkwürdig benommen. Du weißt, daß er schon immer überheblich und herrschsüchtig war. In letzter Zeit aber hat sich das immer mehr gesteigert. Er hat die Eingeborenen geschlagen und mißhandelt, so daß schließlich alle von der Plantage wegliefen und kein Ersatz mehr zu bekommen war. Infolgedessen hat er die letzte

Ernte verloren; er fand keine Arbeiter, die sie ihm einbrachten. Aber das schien ihn gar nicht zu berühren. Ich ging ihm mehr und mehr aus dem Wege. Das war nicht schwer, weil er immer häufiger mit seiner Barkasse, der »Seekönigin«, Fahrten zu den südlich von Antago gelegenen Inseln unternahm. Einmal reiste er sogar nach Südamerika.
Solange er unterwegs war, gelang es mir, die Eingeborenen zum Arbeiten zu überreden, aber sie verließen die Plantage fluchtartig, sobald er wiederkehrte. Eine Woche vor deiner Ankunft fuhr er wieder fort, dieses Mal sagte er mir, er fahre für ein ganzes Jahr nach Südamerika.«
Als Pitch verstummt war, hatte Steve lange seinen Gesichtsausdruck studiert, ehe er fragte: »Glaubst du, daß er wirklich dorthin gefahren ist?«
»Ich weiß es nicht! Er ist so ruhelos geworden und hat Aufregungen gesucht, die er auf unsrer kleinen Insel nicht finden konnte. Er hat mehr Jahre dort gelebt, als je zuvor irgendwo anders. Es könnte natürlich möglich sein, daß er nach Südamerika gefahren ist, aber... just am Morgen des Tages, an dem du angekommen bist, hat mir ein Bekannter erzählt, daß er ihm mit seiner Barkasse nördlich von Antago begegnet ist. Und dabei hätte er doch nach Westen fahren müssen, wenn er zu einem Flugplatz wollte, von dem er nach Südamerika fliegen kann.«
»Glaubst du also, daß er auf der Blauen Insel gewesen ist? Hat er eine Ahnung davon, was wir dort entdeckt haben?«
»Ich weiß es wirklich nicht, Steve. Meine Fahrten mögen seine Neugier erregt haben, er kennt mein Interesse für die Insel, weiß auch, daß ich mich mit geschichtlichen Dingen befasse, und hat mich mehrmals höhnisch gefragt, ob ich denn etwas Wertvolles gefunden hätte bei meinen Ausgrabungen. Ohne lügen zu müssen, konnte ich ihm antworten, daß meine Nachforschungen auf der Landzunge umsonst gewesen sind.«
»Woher aber sein plötzliches Interesse?« fragte Steve bestürzt.
»Vielleicht ist es durch seine Ruhelosigkeit entstanden, vielleicht auch durch deine Briefe.«
»Aber du hast sie ihn doch nicht etwa lesen lassen?«

»Natürlich nicht, ich habe sie stets sorgfältig verbrannt; aber dabei hat er mich einmal überrascht und hat wahrscheinlich den Grund erraten. Ich hätte noch vorsichtiger sein sollen.«
Sie hatten eine Weile geschwiegen. Steve war aufs höchste beunruhigt. Endlich sagte er heiser: »Wenn es das Unglück will und er sieht das Fohlen – falls er inzwischen nach Antago zurückgekommen sein sollte –, könnten wir ihm dann nicht sagen, es stamme von der kleinen Herde auf der Landzunge?«
»Tom hat die meiste Zeit seines Lebens mit Pferden zu tun gehabt, er würde beim Anblick dieses schönen Fohlens sofort sehen, daß es unmöglich von diesen armseligen Tieren stammen kann.«
»Aber müssen wir denn unbedingt auf die Plantage?«
»Nein. Ich habe dort alles in Ordnung gebracht, ehe ich nach der Blauen Insel fuhr, es besteht für mich kein Grund, sein Haus aufzusuchen.«
»Dann können wir doch sofort zurückfahren, wenn der Tierarzt das Fohlen behandelt hat und wir das Notwendige eingekauft haben!«
»Natürlich, Steve, es wird das klügste sein, Antago auf dem schnellsten Weg wieder zu verlassen.« Pitch machte eine Pause und fügte dann hinzu: »Ich bin sehr erleichtert, weil ich dir nun alles erzählt habe.«
Es war jetzt ein Jahr her, seit Steve Tom kennengelernt hatte, aber das Bild des Mannes stand so deutlich vor seinem inneren Auge, als wäre es gestern gewesen: ein dunkelhäutiges Gesicht mit hohen Backenknochen und flinken, argwöhnischen Augen, denen nichts zu entgehen schien, die stets auf der Lauer lagen, um bei anderen eine schwache Stelle zu entdecken. Wo immer sich die Möglichkeit ergab, schlug Tom erbarmungslos zu, sei es mit Worten, sei es tätlich, um wieder einmal seine Überlegenheit über Menschen oder Tiere zu beweisen. Was mochte es nur sein, das Tom zu solchen Beweisen veranlaßte? War es Furcht? War es Stolz auf seinen riesigen, bärenhaft starken Körper? Unwillkürlich fiel Steve wieder die entsetzenerregende Bullenpeitsche ein, mit der Tom eines der von ihm eingefangenen kleinen

Pferde von der Landzunge unter seinen Willen zwang. Es war ein scheußlicher Anblick gewesen.
Als Antago in Sicht kam, musterten Pitchs und Steves Augen angstvoll die im Hafen verankerten Boote. Die »Seekönigin« konnten sie nicht entdecken. Leider gab es aber auch eine Anlegestelle in der Nähe von Toms Plantage, wo er seine Barkasse manchmal ließ.
Nachdem sie ihre Barkasse vertäut hatten, holte Pitch seinen unweit des Hafens geparkten Wagen, und sie fuhren unverzüglich durch die verkehrsreiche Hauptstraße der Stadt Chesterton zum Tierarzt, der in einem freundlichen Villenvorort wohnte.
Als sie aus dem heftigsten Verkehr heraus waren, bemerkte Steve, daß Pitch wiederholt in den Rückspiegel sah. »Beunruhigt dich etwas?« fragte er.
»Mir war so, als hätte ich Toms Wagen hinter uns fahren sehen, aber ich muß mich geirrt haben...«
Vor einem zweistöckigen Fachwerkhaus hielt der Wagen, und Steve sah das Schild am Gartentor: »Dr. F. A. Mason, Tierarzt«.
»Jetzt wollen wir bloß hoffen, daß er zu Hause ist!« murmelte Pitch und drückte auf den Klingelknopf.
Kurz darauf wurde die Tür von einem Mann mit grauem Schnurrbart geöffnet: Dr. Mason persönlich. Er führte sie in das große Behandlungszimmer, wo er ihnen seinen Assistenten, Dr. Crane, vorstellte.
Steve erklärte, das Fohlen sei unglücklich gestürzt und habe sich das rechte Hinterbein verletzt.
Dr. Mason nickte und bat ihn zurückzutreten, nachdem der kleine Patient auf den Tisch gelegt worden war.
Widerstrebend gehorchte Steve.
Der Arzt befühlte das Bein und stellte fest: »Es handelt sich um einen Bruch unmittelbar am Ende des Schienbeins. Wir werden das Bein mit einer Schiene aus Leichtmetall ruhigstellen.«
Steve fragte aufgeregt: »Wird der Bruch wieder richtig zusammenheilen?«
Der Tierarzt blickte ein wenig unwirsch auf. Als er aber den verzweifelten Ausdruck im Gesicht des Jungen sah, klopfte er ihn

tröstend auf den Arm. »Mach dir keine Sorge! In drei Wochen wird das Bein wieder völlig ausgeheilt sein, und du wirst bald vergessen haben, daß es einmal verletzt war! Und das Fohlen auch!« Zu Pitch gewandt, fuhr er fort: »Es wird am besten sein, wenn Sie draußen warten, um so schneller werden wir hier fertig!«

Der Riese kommt

Während sie warteten, sprach Steve eine halbe Stunde lang kaum ein Wort. Endlich versuchte Pitch, ein Gespräch in Gang zu bringen, um ihn ein wenig abzulenken: »Wir dürfen nachher nicht vergessen, Dr. Mason wegen der Fütterung zu fragen!«
Steve nickte, antwortete aber nicht.
Pitch fuhr fort: »Wenn es sich irgendwie umgehen läßt, wollen wir die Blaue Insel überhaupt nicht erwähnen. Je weniger Menschen wissen, daß wir dort sind, um so besser. Es handelt sich um ein verwaistes Fohlen, das genügt. Der Doktor wird glauben, wir hielten es hier irgendwo auf Antago, etwas anderes wird ihn kaum interessieren.«
Gleich darauf wurde die Tür geöffnet und Dr. Mason sagte, die Schiene sei angelegt und sie könnten das Fohlen jetzt mitnehmen.
Steve war schon aus dem Zimmer gestürzt, noch ehe Pitch sich erhoben hatte. Er erreichte schon vor Dr. Mason das Behandlungszimmer, wo er sein Fohlen auf den Beinen stehend vorfand. Dr. Crane stützte es. Es trug eine Schiene, die oberhalb des Hufs das ganze Bein umschloß und mit einer Art Gurt um den Rumpf befestigt war. Steve kniete neben ihm nieder und fragte bange: »Wird es tatsächlich später wieder ganz richtig laufen können?«
Der junge Arzt nickte freundlich. »Ohne jeden Zweifel! Diese Patentschiene hält das Bein in der richtigen Lage, bis der Bruch verheilt ist. Es kann damit gehen, aber weder traben noch galop-

pieren.« Er lächelte Steve zu. »Du brauchst dir wirklich keine Sorgen zu machen! Nur halte ihn von anderen Pferden fern und beobachte seine Mutter, ob sie ihn nicht stößt.«
»Er hat keine Mutter«, begann Steve, und Pitch fiel sofort ein: »Es ist ein verwaistes Fohlen.«
»Haben Sie es mit Kuhmilch gefüttert?« fragte Dr. Mason. Pitch nickte bestätigend. »Sieht so aus, als ob es ihm gut anschlägt. Wie alt ist es denn?«
»Vier Tage«, sagte Steve.
Dr. Mason meinte, Fohlen vertrügen Kuhmilch sehr gut, sie enthalte mehr Fett, aber weniger Zucker als Stutenmilch. Dann gab er weitere Anweisungen: »Die Gefahr ist größer, ein Fohlen zu überfüttern, als ihm zu wenig zu geben. Es muß immer noch ein kleines bißchen hungrig sein, wenn es seine Ration bekommen hat.«
Pitch erkundigte sich, ob es richtig sei, alle Gefäße, die für die Fütterung benötigt würden, zu sterilisieren.
»Durchaus!« sagte der Arzt. »Wenn Sie Magen- oder Darmbeschwerden mit Sicherheit vermeiden wollen, müssen Sie mit einem Fohlen genau so vorsichtig umgehen wie mit einem Baby.«
»Wann wird es denn ungefähr anfangen, selbständig aus einer Schüssel zu trinken?« erkundigte sich Pitch.
»Bald«, antwortete der Tierarzt. »Sie können schon bald anfangen, ihm eine Schüssel vorzusetzen. Allmählich können Sie auch seine Ration vergrößern und die Zwischenräume zwischen den einzelnen Mahlzeiten verlängern, bis Sie schließlich bei vier Mahlzeiten pro Tag angekommen sind. – Ungefähr in drei Wochen möchte ich den Patienten wiedersehen, bis dahin muß der Knochen verheilt sein. Sie werden staunen, wie rasch er sich an die Schiene gewöhnt. Geben Sie ihm in den nächsten Wochen dieses Kalkpräparat!«
Wenig später fuhren Pitch und Steve mit ihrem Pflegling, der diesmal schon im Wagen stehen konnte, zurück in die Stadt. Steve saß im Fond und hielt ihn fest, damit er in den Kurven nicht zu Fall kam. Pitch sagte nach einem Blick in den Rückspiegel gepreßt: »Ich glaube, ich sehe Toms Wagen.«

Steve sah zum Rückfenster hinaus. »Was für einen fährt er denn?«
»Einen braunen, zweitürigen Sedan.«
»Ich kann nirgends einen solchen Wagen entdecken«, sagte Steve.
»Ich jetzt auch nicht mehr... meine Nerven sind wohl zu erregt...«
Nachdem die Einkäufe in der Apotheke erledigt waren – unter anderem auch eine Babyflasche mit einem Gummisauger! – und Steve in einer Sattlerei einen leichten Halfter und eine Bürste erstanden hatte, fuhren sie zum Hafen. Sie schlängelten sich vorsichtig durch das Gedränge bis zum äußersten Ende, wo es wesentlich stiller war und wo Pitch seinen Wagen wieder parken konnte, bis er von der Blauen Insel zurückkehren würde.
Das Fohlen bewegte sich kaum, als sie es auf die Barkasse trugen. Es hatte ganz blanke Augen; es litt also offensichtlich keine Schmerzen mehr. Als der Motor dröhnend ansprang, sagte Steve erleichtert zu seinem Freund: »Gott sei Dank haben wir alles gut erledigt, was wir uns vorgenommen hatten! Wahrscheinlich haben wir uns deines Stiefbruders wegen umsonst Sorgen gemacht. Er ist sicher doch nach Südamerika gefahren, und es wird lange Zeit dauern, bis du ihn wiedersiehst.«
Pitch stimmte ihm zu. »Ich hoffe, du hast recht, und es wäre nicht einmal nötig gewesen, daß ich dir die traurige Geschichte erzählt habe.«
»Ich bin froh, daß ich im Bilde bin, Pitch, denn mich geht diese Sache ja genauso an wie dich.«
Pitch lenkte das Schiff auf die offene See hinaus, und keiner von beiden warf einen Blick zurück, denn ihre Gedanken waren ganz und gar auf ihr glückliches Leben auf der Blauen Insel gerichtet. Hätten sie zurückgeschaut, hätten sie den braunen Sedan aus der Reihe der am Hafen geparkten Wagen ausscheren und in schnellster Fahrt davonrasen sehen. Die Arbeiter sprangen schimpfend zur Seite, verstummten jedoch sofort, als sie sahen, wer hinter dem Steuer saß. Mit Tom Pitcher wollten sie sich um keinen Preis anlegen.

Nachdem er den Hafen verlassen hatte, bog er rechts ab. Er mußte sein Tempo mäßigen, weil ein anderer Wagen vor ihm fuhr. Er fluchte, und seine schwere Hand drückte unablässig die Hupe. Er brachte seine vordere Stoßstange gefährlich nahe an den vor ihm fahrenden Wagen heran, dessen Lenker sich verwirrt umblickte. Als er Pitchers Gesicht sah, gab er Gas.
Nachdem die Außenbezirke der Stadt hinter ihm lagen, fuhr Tom schneller und schneller, sein breites Gesicht zeigte keine Gefühlsregung, es wirkte wie eine Maske. Unter seiner gebräunten Haut war er blaß, sein Mund war ein harter, dünner Strich und viel zu klein für den riesigen Mann, genau wie seine Augen, die giftig und bösartig wie die einer Viper auf die Straße vor ihm starrten. Er trug keinen Hut, und sein schwarzes Haar war gesträubt. Sein ärmelloses weißes Hemd stand am Hals offen und ließ seinen Stiernacken erkennen. Ohne die Geschwindigkeit zu drosseln, bog er in einen Sandweg ein. Zur Linken zogen sich weite Zuckerrohrfelder hin, zur Rechten lag das Meer. Er warf einen Blick hinüber, und im gleichen Moment wurden seine Augen lebendig.
Er fuhr weiter, bis er an die Auffahrt zu einer Plantage gelangte. Dort bog er ein und fuhr am hoch eingezäunten Reitplatz vorbei und dann einem niedrigen, weitläufigen Haus entlang. Nach ungefähr anderthalb Kilometern bremste er bei einer steil zum Meer abfallenden Klippe, an der eine Reihe von hölzernen Stufen steil zum Meer hinabführte.
Tom sprang so behende und schnell aus dem Wagen, wie es ihm niemand bei seiner ungeschlachten Gestalt zugetraut hätte. Seine Füße, die eigentlich für einen derart riesigen Körper viel zu klein waren, trugen ihn leise und verstohlen die Treppe hinunter, obgleich kein Grund zu irgendwelcher Heimlichkeit vorhanden war. Doch offenbar gehörte dieses Schleichen zu seinen Eigenheiten. Liebevoll streichelte er das Leder der Bullenpeitsche, die er um den Körper geschlungen mit sich trug.
Die Treppe mündete auf einen Landesteg; hier blieb er stehen und starrte auf eine ziemlich weit draußen ins Meer vorspringende Landspitze. Die Barkasse seines Stiefbruders mußte dort

erscheinen, wenn er die Richtung eingeschlagen hatte, die Tom argwöhnte. Und tatsächlich – dort war sie...
Tom Pitcher hastete zu seiner »Seekönigin«, löste eilends die Taue, sprang an Bord, ließ den Motor an, steuerte hinaus aufs Meer und folgte der Barkasse seines Stiefbruders in etwa anderthalb Kilometer Entfernung.
Seine Jagd war ins Endstadium getreten... er wollte den beiden mit dem Fohlen nachspüren, wohin sie auch fuhren. Und dann...

Schwarze Welt

Länger als drei Stunden folgte er von ferne der Barkasse von Pitch und Steve. Er sah sie nur als winzigen Punkt am Horizont. Aber das genügte ihm, er wußte inzwischen genau, daß sie zur Blauen Insel fuhren. Bis jetzt war er seiner Sache noch nicht ganz sicher gewesen. Er war wenige Tage zuvor zur Blauen Insel gefahren, um ihnen nachzuspionieren, und hatte erwartet, Pitchs Barkasse am Pier vor der Landzunge vertäut zu finden. Als er sie an jener Stelle vergeblich gesucht hatte, war für ihn der Beweis erbracht, daß sein Verdacht berechtigt gewesen war: sein Stiefbruder und der junge Steve hatten etwas entdeckt, was sie ängstlich für sich behielten. Erst hatte er angenommen, sie seien gar nicht auf der Blauen Insel, und hatte mehrere Inselchen westlich davon abgesucht. Nachdem sich das als vergeblich erwiesen hatte, war er nach Antago zurückgefahren und hatte sich auf die Lauer gelegt, um eines Tages ihre Spur frisch aufzunehmen. Jetzt war es ihm geglückt!
Seine langen Finger mit den krallenartigen Nägeln krampften sich um das Steuer. Wohin gingen sie auf dieser Insel aus gelbem Fels? An welcher anderen Stelle außer dem Pier auf der Landzunge konnten sie ihr Boot festmachen? Und warum hatte er sie voriges Mal nicht dort gesehen? Demnach mußten sie eine bestimmte Entdeckung gemacht haben...

Seine Lider öffneten sich, seine Augen funkelten vor wilder Gier wie die eines Raubtiers, das seiner Beute sicher ist. Er starrte zur Sonne empor, die bereits ziemlich tief stand. Er wünschte, sie möge recht rasch sinken, denn die Dunkelheit gehörte zu seinem Plan. Sein Stiefbruder würde dann die Bordlampen anzünden, er selbst würde das unterlassen, so konnte er dem anderen Schiff mit Leichtigkeit folgen, ohne bemerkt zu werden.
Hoffentlich verrechnete er sich nicht, denn ein weiterer Blick zum Himmel belehrte ihn, daß er noch mit mindestens einer vollen Stunde Tageslicht rechnen mußte. Er fluchte vor sich hin. Was sollte er tun? Würden sie die Blaue Insel noch vor der Dunkelheit erreichen? Der kleine Punkt vor ihm schien jetzt noch kleiner geworden zu sein. Vergrößerte sich der Abstand, sollte er schneller fahren, auf die Gefahr hin, gesehen zu werden?
Eigentlich haßte er die See. Er jagte ungleich lieber zu Land als zu Wasser, er brauchte festen Boden unter den Füßen, Erde, die Spuren zeigte, Erde, auf der man einer Fährte folgen konnte.
Er steigerte sein Tempo, und der Punkt am Horizont wurde größer. Der gelbe Felsblock wurde jetzt schon in der Ferne sichtbar, verzweifelt holte er das Letzte aus dem Motor heraus. Plötzlich hörte er ein Spucken und Blubbern, und gleich darauf verstummte das Rattern des Motors. Zitternd vor Wut ließ er das Steuer und ging unter Deck, um nachzusehen, ob er die Ursache für das Ausfallen des Motors finden könne. Doch von Mechanik verstand er nichts. Anstatt seine Unkenntnis zu verfluchen, schimpfte er auf alle Motoren und das Meer, bis ihm endlich der Gedanke kam, den Treibstofftank zu kontrollieren. Tatsächlich hatte er vergessen, ihn vor Beginn der überstürzten Fahrt aufzufüllen. Hastig rannte er an Deck und holte den noch vollen Reservekanister.
Wieviel Zeit hatte er gebraucht, bis der Motor wieder ansprang? Fünf Minuten? Oder waren zehn verstrichen? Er wußte es nicht. Nur so viel war klar, daß das von ihm verfolgte Wild inzwischen im Umkreis der Blauen Insel verschwunden war. Ein Wutausbruch schüttelte ihn. »Idioten!« schrie er. »Ihr entkommt mir doch nicht! Idioten!« In rasender Fahrt hielt er auf die Land-

zunge zu.
Als sie in Sicht kam, suchte er sie mit seinem Fernglas ab: keine Spur von einer Barkasse! Wutentbrannt warf er das Steuer herum und verbrachte die nächste Stunde damit, die Insel zu umkreisen. Seine Augen suchten ingrimmig die gelben Steinwände ab, gegen die die Wogen prallten. Wohlweislich näherte er sich ihnen wegen der unzähligen vorgelagerten Riffe nur bis auf eine bestimmte Entfernung. Erst als die Dämmerung kam, vertäute er seine »Seekönigin« am Pier der Landzunge. Seine schwarzen Schlitzaugen flackerten, er grübelte und grübelte. Die Verfolgten befanden sich mit Sicherheit auf der Blauen Insel, aber wo? Wo war ihr Boot geblieben?
Morgen bei Tageslicht würde er die Jagd fortsetzen. Irgendeine Spur mußte sich finden lassen. Diese Nacht würde er in der Koje auf der »Seekönigin« schlafen.
Gier und Ungeduld beherrschten ihn vollständig. Er hatte seit der am Morgen in Antago aufgenommenen Verfolgung nichts gegessen und fand nun in der Kombüse, als er mit knurrendem Magen nachsuchte, auch nicht eine Krume Brot. In all der Aufregung hatte er nicht daran gedacht, sich mit Proviant zu versehen. Nun, dem würde morgen abgeholfen werden! Wenn er auch heute mit leerem Magen schlafen gehen mußte, so würde er morgen alles nachholen. Sein Stiefbruder hatte aller Wahrscheinlichkeit nach große Eßvorräte auf die Insel geschafft, als er den Plan aushecktete, mit dem jungen Burschen längere Zeit hier zu verbringen. Was zum Teufel zog die beiden hierher? Um jeden Preis wollte er hinter ihr Geheimnis kommen!

Anderntags stand er sogleich auf, als der Morgen dämmerte. Sein Plan war, das Beiboot zu benutzen, um recht nahe an die Felsmauern der Blauen Insel heranzugelangen. Dank seinem starken Fernglas glaubte er mit Sicherheit, Spuren der Verschwundenen finden zu können, denn er war nun überzeugt, daß sein Bruder und der Junge irgendwo einen Durchschlupf am Fuß der Felswände gefunden hatten.
Im Moment war das Licht noch zu ungewiß, er würde die aus

dem Meer kaum herausragenden Riffe nicht sehen, und überdies fürchtete er sich ohnehin, in dieser Nußschale von einem Boot um die Insel herumzufahren. Er überlegte, ob es nicht doch eine Möglichkeit gab, mit Hilfe von Spitzhacke und Seil die Felswand zu bezwingen, die am Ende der Landzunge steil gen Himmel stieg.

Vorsorglich prüfte er noch einmal nach, ob er seine Bullenpeitsche auch sicher um den Körper gewickelt hatte, dann nahm er eine Hacke und mehrere Seile und verließ die Barkasse. Er klomm die vorgelagerte flache Düne hinauf und konnte von oben die schmale Landzunge vollständig übersehen. Sie maß in der Breite ungefähr vierhundert Meter, in der Länge anderthalb Kilometer. Tom schritt eilig nach links auf die Felswand zu, die dort die kleine Schlucht jäh abschloß. Nur flüchtig schielte er zu den Seitenwänden hinüber, die aus nacktem Stein bestanden. Wenn überhaupt, so mußte er an der hinteren Wand in die Höhe klettern können.

Die kleine Pferdeschar, die am Ende der Schlucht graste, floh beim Anblick des Menschen in panischem Schrecken. Tom schenkte ihr keine Beachtung. Er hatte nur Augen für die Wand, an der in etwa hundert Meter Höhe eine Klippe über den Rand hervorragte. Gleich dahinter stieg eine weitere Felswand in die Höhe. Tom prüfte, ob es nicht vielleicht möglich sei, das Seil über zwei herausragende Steine zu werfen, zu befestigen und die Klippe auf diese Weise in zwei Etappen zu erklimmen. Allein, der höhere Stein befand sich immerhin noch ungefähr dreißig Meter unter der Klippe. Immerhin wollte er einen Versuch wagen. War er erst einmal dort oben, fand sich vielleicht eine neue Möglichkeit, das Seil wiederum um einen höheren Vorsprung zu schlingen.

Er knotete eine Schlinge und rollte sein Seil auf, dann schwang er seinen Arm zurück und schnellte ihn vor mit der Kraft einer riesigen Sprungfeder. Die Schlinge fiel über den anvisierten unteren Felsblock, er zog sie fest, probte, ob das Seil sein Körpergewicht trug, und kletterte, die Füße gegen die Felswand gestützt, daran hoch.

Nach einigen Minuten hatte er den ersten Stein fast erreicht. Er hielt inne, um das zweite Seil, das er um die Schulter geschlungen mit sich führte, zum Wurf zurechtzumachen. Noch einmal gute zwanzig Meter über ihm befand sich der zweite Block. Er war viel kleiner und infolgedessen schwieriger zu treffen. Viermal verfehlte Tom sein Ziel, erst beim fünften Mal legte sich die Schlinge darüber. Er zog sie zu und prüfte zuerst wieder, ob er jetzt dem zweiten Seil sein Gewicht anvertrauen konnte; die Schlinge hielt jedoch nicht, sondern rutschte auf dem glatten Stein nach vorn, so daß sie gerade nur noch an der äußersten Spitze des Felsblockes hing. Tom fluchte. Seine Unternehmung war gescheitert, er kam keinen Schritt weiter in die Höhe.
Blaß vor Wut seilte er sich wieder ab, ließ beide Seile hängen, wo sie waren, und rannte zurück zu seiner Barkasse. Er nahm sich vor, es später noch einmal zu wagen, falls alle anderen Versuche fehlschlagen sollten. Er machte das Beiboot los, hängte sich das Lederfutteral mit dem Fernglas um den Hals und sprang in das kleine Boot, das unter seinem Gewicht ächzte. Er haßte es, damit ins Meer hinaus zu fahren, aber es blieb ihm nichts anderes übrig. Die Sonne war inzwischen aufgegangen, die Jagd begann von neuem!
Er ruderte am Fuß der uneinnehmbar scheinenden Felsenfestung entlang, so dicht er es wagte. Die Augen hielt er ununterbrochen auf die Grenze zwischen Steinwall und Meer gerichtet. Überall brandeten die Wogen dagegen und prallten ab. Auf gar keinen Fall konnten Phil und der Junge hier irgendwo mit der Barkasse einen Eingang gefunden haben! Und trotzdem gab es keine andere Lösung: Es mußte einen Weg geben, das Boot konnte ja nicht spurlos verschwunden sein.
Er ruderte und ruderte, der Schweiß lief ihm von der Stirn. Die Korallenriffe und Felsblöcke ragten wie tödliche Fallen meistens nur ganz wenig aus dem Wasser. Er wußte, daß es sein Ende bedeuten konnte, wenn er in seinem winzigen Fahrzeug von einer Welle dagegengeworfen wurde. Und da hörte er schon den dumpfen Schlag von Holz, das auf Stein kracht...
Schnell quoll Wasser durch das Leck. Er versuchte es mit seinem

Schulterbeutel zu verstopfen, aber es gelang nicht. Das Boot sank rasch. Er klammerte sich an, wurde weggespült und schwamm in Todesangst auf die Küste zu, die keine Küste genannt werden konnte, weil die Felsmauern bis in die See hineinragten. Mehrmals trieb sein Körper so dicht an einem Riff vorbei, daß er sich die Haut aufriß. Aber Tom spürte nichts. Es gelang ihm endlich, sich im Schwung mit einer anrollenden Welle auf ein moosbewachsenes Riff zu ziehen. Immer wieder vom Wasser überspült, klammerte er sich an und verharrte dort, um erst einmal wieder zu Atem zu kommen. Er empfand jetzt kaum mehr Furcht, sein Lebenswille war so stark, daß er alle anderen Gefühle überrannte.
Nachdem er wieder ein wenig zu Kräften gekommen war, sah er sich um und entdeckte, daß hinter dem großen Riff, auf dem er saß, ein kleineres aus dem Wasser ragte, das bis zu einem schmalen Sims am Fuß der Felsmauern der Insel reichte. Er wartete die nächste große Welle ab, schob sich vor bis auf das schmalere Riff und glitt dann auf diesem entlang an Land. Dort stand er, um wieder Luft zu schöpfen. Plötzlich hefteten sich seine Augen begierig an ein Fetzchen Stoff, das an einer ausgezackten Stelle in der Steinwand hängen geblieben war...
Tom brüllte auf vor Triumph: Jetzt hatte er die Spur! Der Stoff stammte von der Windjacke seines Stiefbruders! Er war schon verwittert und mußte schon vor langer Zeit hier von der Jacke abgerissen sein, vielleicht vor einem Jahr. Möglicherweise hatte Pitch mit dem Jungen damals zum ersten Mal hier auf dem schmalen Rand gestanden wie jetzt er, den Rücken gegen die Steinwand gepreßt.
Er wandte den Kopf nach rechts und entdeckte dreißig Meter weiter eine kaminähnliche Spalte im Fels. Vorsichtig seitwärts tretend, schob er sich Schritt für Schritt darauf zu. Die Auskerbungen in den senkrecht emporstrebenden glatten Steinwänden verrieten ihm sofort, wie er in dem Kamin nach oben gelangen konnte. Er stieg Stufe für Stufe nach oben, den Rücken gegen die hintere Wand gestemmt.
Als Tom das Ende des Schachts erreicht hatte, befand er sich auf

einer ziemlich großen Fläche, in deren Mitte der Rand eines anderen, in die Tiefe führenden Schachts ausgemauert war. Das Blut schoß ihm ins Gesicht, als er ein Seil entdeckte, das fest am Rand angebunden war und innen hinunterhing. Er beugte sich über den Schacht und blickte in die Finsternis. »Jetzt hab' ich euch!« flüsterte er. Pitch und Steve mochten sich unten unmittelbar neben der Mündung des Schachts befinden, und sie sollten ihn nicht hören, sondern plötzlich von ihm überrascht werden! Er schwang ein Bein über den Rand, prüfte, ob das Seil hielt und ließ sich dann hinuntergleiten. Als er sich immer weiter vom Licht der Sonne entfernte und immer tiefer ins Dunkle geriet, verwünschte er seine Unüberlegtheit, vorhin das Leck im Boden des Beiboots mit seinem Schulterbeutel zustopfen zu wollen – er war mit dem Boot im Meer versunken und mit ihm die Taschenlampe. Vergeblich suchte er in seiner durchnäßten Jacke nach Streichhölzern. Nun, wenigstens hatte er die Bullenpeitsche, das tröstete ihn über alles Verlorene hinweg. Am Ende war es besser, er überraschte die beiden, ohne vorher von ihnen bemerkt zu werden, weit weg konnten sie ja nicht sein!
Und er würde alles an sich nehmen, was sie entdeckt hatten. Er würde sie zwingen, es ihm auszuliefern!
In etwa dreißig Meter Tiefe fühlte er Boden unter den Füßen. Er duckte sich angriffsbereit. Er hatte sofort erkannt, daß er sich nun in einem Tunnel befand, in den er durch einen Lüftungsschacht gelangt war. Aber nicht einen Gedanken verwandte er daran, wer den Schacht und den Tunnel gebaut haben, noch gar, wann das wohl geschehen sein mochte. Alles, was für Tom zählte, war, daß er nun seiner Beute nahe zu sein glaubte. Ohne Zweifel würde er durch den Tunnel zu Pitch und Steve gelangen. Die beiden hatten ihn benutzt, also brauchte er ihnen ja nur zu folgen. Er wollte so leise wie möglich sein, damit es ihm gelang, sie zu überraschen. Ohne zu zögern schlich er in die Dunkelheit hinein. Nach seiner Überzeugung konnten die beiden Heimlichtuer nicht weit sein, und von der Finsternis wollte er sich keinesfalls zurückhalten lassen. Er beschleunigte seine Gangart, seine rechte Hand ließ er an der zerklüfteten Wand entlang-

gleiten, um den Verlauf des Tunnels zu ertasten. Er machte sich keine Gedanken, ob es Nebentunnels gab, und überlegte nicht, daß es nicht Menschenhand gewesen war, die diese unterirdische Welt geschaffen hatte, sondern Naturkatastrophen der fernen Vergangenheit.
Er mußte sich tief gebückt vorantasten, um nicht mit dem Kopf an die niedrige Decke zu stoßen. Es war ein mühevolles Unternehmen, aber bald würde er am andern Ende des Tunnels angelangt sein. Er würde die Finsternis hinter sich lassen und *sie finden.*
Als plötzlich die Wand aufhörte, an der sich seine Rechte entlanggetastet hatte, war er überrascht und erschrocken. Er tappte ein paar Schritte weiter. Ein anderer Tunnel! Er überlegte, was ihm jetzt zu tun blieb, und entschloß sich nach einem Weilchen, dem neuen Tunnel ein Stück weit zu folgen. Falls er nichts fände, würde er bald umkehren und im ersten Tunnel weitergehen. Er fürchtete sich nicht, er war nur ärgerlich darüber, daß die Angelegenheit komplizierter war, als er anfangs angenommen hatte. Seine Verfolgungsjagd würde nun eben länger dauern.
Er wußte nicht, wie lange er vorwärtsgetappt war. In der Dunkelheit ließen sich Zeit und Entfernung schwer schätzen. Nach geraumer Weile blieb er stehen und versuchte die Finsternis mit seinen scharfen Augen zu durchdringen. Er lauschte, ob etwa die Stimmen Pitchs und Steves zu vernehmen seien. Aber alles war still und blieb undurchdringlich schwarz, mochte er sich anstrengen, wie er wollte. Ein Zittern durchlief seinen Körper, er holte tief Luft, um sich zu beruhigen. Er wagte es sich nicht einzugestehen, daß die Furcht mehr und mehr von ihm Besitz ergriff. Er ging weiter, ging und ging.
Erst als er sich entschloß, daß es das beste sein würde, in den ersten Tunnel zurückzukehren, merkte er, daß seine Hände bluteten. Wahrscheinlich hatte er sie sich in seiner Panik beim Entlangtasten an den Wänden aufgerissen, ohne es zu spüren. Wie gehetzt wandte er sich um und lief zurück.
Anfangs bewahrte er noch einige Vorsicht, aber dann verlor er die Kontrolle über seine Nerven und begann immer schneller zu

laufen. Als er sich einmal aufrichtete, stieß sein Kopf so hart gegen die rauhe Tunneldecke, daß er benommen zu Boden stürzte. Einen Augenblick blieb er unbeweglich liegen, um sich auszuruhen und die Herrschaft über sich selbst wiederzuerlangen.
Nachdem er sich wieder hochgerappelt hatte, ging er ganz langsam. Seine Hände fühlten, daß die Tunnelwand wieder einmal zu Ende war und ein neuer Tunnel begann. War es der erste, der ihn zurück zum Luftschacht führte? Sollte er ihm folgen? Oder sollte er in derselben Richtung weitergehen? Sein gewaltiger Körper geriet wieder ins Zittern, und diesmal gab er vor sich selber zu, daß er aus Furcht zitterte. Er hatte sich verirrt. Er war verloren, er war dem Tode ausgeliefert in diesem finsteren Labyrinth, in dem ihn niemand finden würde.
Seine Sinne verwirrten sich, er begann die Tunnels zu verfluchen, als wären sie lebendige Wesen... Er verfluchte seinen Stiefbruder und Steve und alles, was sie gefunden hatten. Seine Stimme wurde immer höher und schriller, das Echo hallte beängstigend zurück in dieser unterirdischen Höhlenwelt.
Erneut fing er an zu rennen. Er hatte nur noch ein einziges Ziel: den Luftschacht wollte er wieder finden, der ans Tageslicht führte. Nur sehen wollte er wieder! Die undurchdringliche Dunkelheit brachte ihn an den Rand des Wahnsinns. Aber welches war der richtige Tunnel? Er rannte blindlings nach rechts, nach links, wieder zurück. Er stürzte hin, stand wieder auf und rannte weiter. Es war vergebens, dieses Labyrinth endete nirgends. Er wußte nicht mehr, ob er seit Stunden oder seit Tagen lief und lief.
Die Angst raubte ihm den Verstand. Er ging langsamer, tappte verzweifelt geradeaus, nach rechts, nach links. Dann stürzte er wieder, und diesmal blieb er lange reglos liegen und preßte das Gesicht gegen den zerschrundenen Stein des Bodens, bis er das Blut kommen fühlte. Dann taumelte er weiter. Vornübergebeugt, vom Gewicht seines schweren Rumpfes vorangezogen, setzte er die Füße immer rascher im Kampf um sein Gleichgewicht. Sein umnebelter Verstand warnte ihn, er müsse das Tempo mäßigen, weil sich voraussehen ließ, was ihm an der nächsten Kreuzung

erneut geschehen würde. Aber er gab nicht acht, sondern torkelte von einer Wand zur anderen. Plötzlich berührte seine vorgestreckte Hand eine massive Steinwand. Er prallte mit voller Wucht dagegen und schlug hin.
Später hätte er nicht sagen können, wie lange er an dieser Stelle gelegen hatte. Minuten, Stunden, Tage? Als er seine Schweinsäuglein öffnete, vermochten sie genau so wenig etwas zu sehen, wie in der ganzen Zeit seines Umherirrens. Er fuhr sich mit der Zunge über die aufgesprungenen Lippen, ohne sie anfeuchten zu können.
Er hatte das Gefühl, vor Durst und Hunger sterben zu müssen. Er, der sein Leben in so vielen Kämpfen aufs Spiel gesetzt hatte, sollte eines so unrühmlichen Todes sterben? Der Gedanke riß ihn hoch. Er grub die Zähne in seine Unterlippe, hob den Kopf, rollte sich herum, kam auf die Knie. Er hatte geschlafen und war ausgeruht. Seine blutverkrusteten Hände tasteten über die Felswand vor ihm, an der er zu Fall gekommen war. Der Gang wandte sich hier nach rechts. Er wollte ihm folgen, aber er wollte langsam gehen und Kräfte sparen. Er war Tom Pitcher! Er wollte sich nicht mehr fürchten. Er würde ruhig bleiben, ganz ruhig!
Er schickte sich an, aufzustehen, tastete seine Gliedmaßen ab und stellte fest, daß er nichts gebrochen hatte. Seine Haut war überall zerschrammt und zerrissen von den scharfen Felskanten, aber das war alles. Er war wohlauf, bis auf den bohrenden Hunger und Durst. Und das hatte er oft genug in seinem Leben mitgemacht, tagelang. Das hielt er auch diesmal durch!
Er verzog seine dünnen Lippen zu einem bitteren, haßerfüllten Lächeln. Hatte er nicht den Eingang zu dem Tunnelgewirr gefunden? Aber was lag auf der anderen Seite? Was hatten Pitch, dieser Schwächling, und der Grünschnabel Steve Duncan gefunden, daß sie es geheimhalten wollten? Hah, er würde es herausfinden. Er war im Begriff, ihnen auf die Schliche zu kommen.
Mit Mühe erhob er sich vollends auf die Füße. Erneut überkam ihn Schwäche und Furcht. Er schüttelte wild den Kopf, um die Angst vor der Finsternis zu verscheuchen. Das brachte seine

Nase wieder zum Bluten. Plötzlich schlug er die Hände vor die Augen und schrie wie ein Wahnsinniger: »Ich will sehen! Sehen! Sehen!«
Etwas später wurde er sich bewußt, daß er auf Händen und Knien weiterkroch. Er sagte beruhigend zu sich selbst, daß es viel besser für ihn war, zu kriechen. Er kam zwar langsamer vorwärts, aber es ermüdete ihn nicht so. Er fing an, schneller zu atmen, happte begierig nach Luft, weil er glaubte, sein Schwindelgefühl würde sich dadurch verlieren. Doch das war nicht der Fall, und wieder packte ihn die Furcht vor diesem langsamen, scheußlichen Tod. Er kroch schneller, um ihm zu entkommen. Er bildete sich ein, er käme schnell voran, während er sich in Wirklichkeit kaum mehr bewegte. Immer noch glaubte er einem Ziel zuzukriechen, als er bereits mit von sich gestreckten Armen und Beinen flach auf dem kalten Steinboden lag. Seine Beine und seine zerschrammten Finger zuckten noch eine Weile krampfhaft. Dann lag der riesige Mann still, begraben im Felslabyrinth der Blauen Insel, Hunderte von Metern unter der Erdoberfläche.
Die finsteren Gänge schwiegen, wie seit Jahrhunderten. Sie waren eine Welt für sich, ein Irrgarten, eine Grabstätte für alle, die sich in ihnen nicht auskannten.

Früh übt sich...

Es war der dritte Morgen nach ihrer Rückkehr von Antago. Steve stand neben dem Fohlen und fütterte es. Er beobachtete die schnellen Bewegungen seiner Lippen, als es die Milch durch den Gummisauger aus der Flasche trank. Die großen strahlenden Augen ruhten auf Steve, besorgt, er könnte die Flasche wegziehen. Er lächelte und drehte sich zu Feuerstrahl um, der hinter ihnen stand und neugierig beobachtete, was da vor sich ging. Steve redete ihm zu. Der Hengst hatte manchmal den Anschein erweckt, als ob er auf das Fohlen eifersüchtig sei. Eine ausge-

sprochene Abneigung hatte er allerdings nie gezeigt. Wenn er tagsüber in dessen Nähe weidete, vermied er es sorgfältig, das junge Pferd zu stoßen, und nachts brachte Steve es immer vorsorglich in die »Flaschenschlucht«.
Alles verlief wunschgemäß. Steve war dankbar dafür. Wie Dr. Mason vorausgesagt hatte, machte es dem Fohlen offenbar nichts aus, daß sein verletztes Bein vom Rumpf bis zum Huf in der Schiene steckte. Es bewegte sich völlig frei, nur gab Steve darauf acht, daß es der Herde nicht zu nahe kam. Er hatte auch gleich mit der Erziehung begonnen und das Fohlen an den leichten, gewebten Halfter gewöhnt, den es jetzt bereits mit großer Selbstverständlichkeit trug.
Steve, der sich mit den beiden Pferden unterhalb des Lagerplatzes befand, warf einen Blick hinauf zu seinem Freund. Dieser war in sein Manuskript vertieft, und auch das stimmte Steve froh. Alles war wieder in schönster Ordnung. Pitch war mit den Dingen beschäftigt, die er über alles liebte, während er selbst das Fohlen betreute. Pitch ließ sie jetzt völlig allein gewähren – vielleicht hatte er noch ein gewisses Angstgefühl Feuerstrahl gegenüber, von dem Angriff her, als er die Stute einzufangen versucht hatte.
Das Fohlen hatte seine Milchflasche leergetrunken, wollte aber den Gummisauger noch nicht loslassen. »Du hast jetzt genug, es ist ja nichts mehr drin, nur Luft! Gib her!« Steve erhob sich und zog die Flasche mit sanfter Gewalt weg.
Feuerstrahl umkreiste sie schnaubend, während das Fohlen zu ihm aufsah. Steve befestigte die Führleine am Halfter und sagte: »Nun komm, mein Bürschchen.« Das Fohlen ließ sich keine Bewegung seines Erzeugers entgehen und zögerte einen Augenblick. Steve wartete geduldig, bis es seine Aufmerksamkeit wieder ihm zuwandte. Indem er das Fohlen täglich ein paar Minuten an der Leine herumführte, lehrte er es, ihm in allen Dingen vollkommen zu vertrauen. Was es jetzt bereits lernte, würde ihm später zugute kommen, wenn es größer und kräftiger geworden war und mit Steve in die Staaten heimreiste.
Schließlich setzten sie sich in Bewegung. Steve wandte sich nach

rechts, dann nach links, sein Zögling folgte ihm. Dann blieb er an dem Pfosten stehen, den Pitch eingegraben hatte, um die braune Stute daran festzubinden. Er kam ihm bei diesen Schulstunden jetzt sehr zupaß. Er band das Fohlen daran an und wartete ab, was es tun würde.
Es stand einen Augenblick still, zog seinen Kopf ein wenig zurück und fühlte dadurch den Zug der Leine. Fragend sah es zu Steve hin, der sich ins Gras gesetzt hatte und ihm freundlich zusprach. Wenn das Fohlen das geringste Zeichen von Furcht gezeigt oder sich zur Wehr gesetzt hätte, hätte er es sofort freigelassen; aber es fand sich ab mit dem Angebundensein. Steve ging zu ihm, löste die Leine vom Halfter und streichelte zärtlich das weiche Maul.
Feuerstrahl lief jetzt wieder im Kreis um sie herum, seine Bewegungen waren lebhafter und unruhiger. Steve merkte, daß der Hengst ungeduldig wurde, er hatte lange genug gewartet und wollte Steves Aufmerksamkeit auf sich ziehen. So ging er hinüber zum Eingang der »Flaschenschlucht«, Feuerstrahl hielt sich dicht an seiner rechten Seite. Das Fohlen folgte ihnen mit den Augen und kam dann langsam hinterher.
Vor dem Eingang wartete Steve, bis es herangekommen war, dann führte er es hinein und legte die Baumstämmchen als Gatter davor. Als er sich auf Feuerstrahls Rücken schwang, wieherte das Fohlen unglücklich. Es tat Steve leid, daß er es allein lassen mußte, aber ihm blieb nichts anderes übrig. Er durfte es nicht noch einmal darauf ankommen lassen, daß es ihnen nachtrabe, und konnte andrerseits auch nicht die ganze Zeit über bei ihm bleiben.
Er fühlte, wie der Hengst sich mit Freude zum Galopp streckte, als er ihn am Hals berührte und sich nach vorn lehnte. Das hatte Feuerstrahl gewollt, aus diesem Grund war er ungeduldig geworden – er war begierig, aus voller Kraft zu laufen. Er wartete gespannt auf das Kommando seines Reiters, hielt den Kopf hoch, die Ohren gespitzt, sein Schweif wehte wie ein ausgebreiteter Mantel hinter ihm her.
Steve duckte sich tiefer auf Feuerstrahls Genick und preßte

Hände und Arme fest an. Hatte er zuerst versucht, vorwärts zu schauen, jetzt schloß er die Augen, weil sie ihm vom Winde tränten. Der Hengst jagte dahin wie die Windsbraut.
Er ritt und ritt, und die Schnelligkeit ließ nicht nach. Unter seinen Händen fühlte Steve, wie das Blut durch die Adern des kraftstrotzenden Tieres jagte. Gab es auf der ganzen Welt noch ein Pferd, das sich an Schnelligkeit mit Feuerstrahl messen konnte? Steve öffnete die Augen, vermochte aber immer noch nichts zu sehen. Er mußte warten, bis der Hengst sich ausgelaufen hatte, der heute alle Kraft austoben wollte. Vielleicht wäre es ihm geglückt, ihn anzuhalten, vielleicht auch nicht. Wozu sollte er es ausprobieren? Feuerstrahl würde selbst wissen, wann er genug hatte.
Erst eine ganze Weile später mäßigte der Hengst sein Tempo. Steve setzte sich aufrecht und wischte sich die Tränen aus den Augen. Sie waren bis ans Ende des Tals gekommen und dann im Bogen wieder zurückgaloppiert. Jetzt befanden sie sich dem Sumpf gegenüber und trabten wieder auf die Herde zu. Feuerstrahl schwenkte nach links und hielt neben der Herde plötzlich an.
Stuten und Fohlen grasten ruhig und unbekümmert. Steve ließ sich von Feuerstrahls Rücken gleiten und blieb neben ihm stehen, bis er sich der Herde zugesellte. Dann schlenderte Steve durch das Tal zurück auf ihr Lager zu. Sein Herz schlug rasch vor Glück über den wundervollen Ritt.
Pitch war noch völlig in seine Arbeit vertieft. Er murmelte etwas, als sich der Junge näherte, und fuhr gleich wieder fort zu schreiben. Steve ging zur Kiste, die ihre Vorräte enthielt, entnahm ihr eine Dose mit Bohnen und Schweinefleisch und zündete den Petroleumkocher an.
»Wir müssen neuen Proviant aus deinem Vorratsraum im Tunnel holen«, sagte er, »hier haben wir nur noch wenige Dosen übrig.«
Pitch sah nicht auf, und Steve glaubte, er habe ihn gar nicht gehört. Erst als er die Mahlzeit zubereitet und Pitch einen gefüllten Teller hingestellt hatte, hörte der Ältere auf zu arbeiten. »Ist un-

ten im Tal alles in Ordnung?« fragte er.
Steve nickte. »Ja, bestens.«
»Wie oft fütterst du ihn denn jetzt?«
»Fünfmal am Tag.«
»Sehr schön! Und der Tierarzt hat gesagt, du könntest bis auf vier Rationen zurückgehen.«
Steve nickte.
»Hast du das Fohlen schon einmal aus der Schüssel trinken lassen?«
»Ja, aber es bevorzugt noch die Saugflasche, ich nehme an, es wird noch eine Weile dauern, bis es aus der Schüssel trinkt!«
»Aber versuche es nur immer wieder, das wird es dir sehr erleichtern! Verklumpt die Milch immer noch im Gummisauger?«
»Gelegentlich ja, aber ich steche dann mit einer Nadel hinein, wie du es mir geraten hast.«
»Ich habe das von meiner Wirtin gelernt, sie hat ja laufend Babies versorgt.« Pitch machte eine Pause, ehe er fortfuhr: »Du wirst es wirklich sehr viel leichter haben, wenn das Fohlen endlich darauf eingeht, aus der Schüssel zu trinken.«
»Du hast selbstverständlich recht, ich werde es jedesmal von neuem versuchen, wenn ich ihm die Milch bringe.«
»Und hat es mit dem geschienten Bein Schwierigkeiten?«
»Nein, überhaupt nicht! Es benimmt sich, als wäre es mit der Schiene geboren! Es scheint sich überhaupt nicht darum zu kümmern.«
»Die Veterinärmedizin hat wirklich Fortschritte gemacht«, sagte Pitch. »Ich erinnere mich noch, daß man früher einem Beinbruch beim Pferd hilflos gegenüberstand. Es blieb nichts anderes übrig, als es mit einem Schuß zu erlösen.«
»Dr. Mason sagte, daß das Bein unsres Fohlens vollständig verheilen wird, und zwar in ganz kurzer Zeit«, sagte Steve eifrig. »Jetzt sind es nur noch achtzehn Tage, bis es soweit ist.«
»Es ist wirklich erfreulich! Freilich ist unser Patient sehr jung. Wenn sich so ein alter Knabe wie ich einen Knochen bricht, dann steht das auf einem andren Blatt!« Pitch erhob sich lachend, um seinen Teller im bereitstehenden Wassereimer abzu-

spülen. »Nicht etwa, daß ich darauf aus wäre, ein Beispiel zu geben«, fuhr er fort, »im Gegenteil, ich bin ein besonders vorsichtiger alter Kauz!«
Auch Steve hatte seine Mahlzeit beendet und stand auf. »Wir benötigen Proviantnachschub, Pitch! Was wir hier an Vorräten hatten, ist beinah alles aufgegessen!«
»Das hast du vorhin schon gesagt!«
»Ich glaubte, du hättest es nicht gehört.«
»Doch, doch, ich höre alles! Auch wenn du denkst, ich wäre mit meinen Gedanken woanders!« Pitch warf einen Blick in die fast leere Kiste. »Nun, morgen würde es schon noch reichen; aber ich gehe vielleicht am Spätnachmittag einmal hinüber zu unserem Reservelager. Ich bin nämlich sowieso bei der Erforschung eines anderen Tunnels. Ich versuche ihn gerade zu beschreiben und habe vor, ihn noch genauer zu inspizieren, falls ich dazu komme.«
Wenig später saß Pitch wieder über seiner Arbeit, und Steve machte sich auf den Weg zur »Flaschenschlucht«, um das Fohlen herauszulassen. Er ließ es ungern allein, es hatte ohnehin nur ihn und Feuerstrahl, der jetzt weit hinten im Tal mit seiner Herde weidete.
Pitch blickte von seiner Schreibarbeit hoch, als Steve unten im Tal angekommen war. Er sah ihn in der Richtung auf die »Flaschenschlucht« zugehen und wußte, daß er den Rest des Tages bei seinem Fohlen verbringen würde. Emsig schrieb er weiter.
Nach einer reichlichen Stunde hatte er das für diesen Tag vorgesehene Pensum geschafft. Er bedeckte mit den Händen ein paar Minuten die Augen, um ihnen nach der langen Anstrengung beim Schreiben ein wenig Ruhe zu gönnen, dann setzte er seine Brille wieder auf und blickte hinunter ins Tal. Er beobachtete ein Weilchen, wie Steve mit dem Fohlen an der Führleine auf und ab wanderte, dann fiel sein Blick auf die beinahe leere Kiste. Nun, er konnte sich eigentlich gleich auf den Weg machen. Erst würde er den neugefundenen Tunnel erkunden und auf dem Rückweg den Vorrat ergänzen. Er hängte seine Tasche über die Schulter und begab sich den Pfad hinauf zu der Stelle, wo der Wasserfall

aus den Felsen trat. Dort trank er erst einmal ausgiebig von dem klaren Wasser, denn er wollte seine Feldflasche nicht mitschleppen. In den wenigen Stunden, die er wegzubleiben gedachte, würde er kaum Durst bekommen.
Er betrat den Tunnel und folgte ein Stück weit dem Lauf des Flusses, ehe er in einen anderen Korridor einbog. Er ging ziemlich schnell, im Schein seiner Taschenlampe konnte er sich anhand der mit Kreide gemalten Buchstaben und Zahlen mühelos orientieren.
Eine Stunde später hatte er den neuen Tunnel erreicht. Von jetzt ab bewegte er sich nur langsam vorwärts, mehrfach stieß er auf ihm noch unbekannte Höhlen, die er sorgfältig auf Hinterlassenschaften der Spanier untersuchte. Er fand einen anderen schwarz angelaufenen Silberpokal, einen Sextanten und einen schweren Sporn mit scharfem Rädchen. Das Auffinden dieser reichen Schätze gab ihm Antrieb für die weitere Erkundung des neuen Tunnels. Als er sich endlich zur Rückkehr entschloß, wurde ihm bewußt, daß er sehr viel mehr Zeit hier verbracht hatte, als geplant gewesen war, und daß es draußen inzwischen schon beinah Nacht sein mußte. Steve würde besorgt sein. So machte er sich eilig auf den Rückweg. Das Licht der Taschenlampe tanzte hin und her, weil er in den niedrigen Gängen nur kurze Schritte machen konnte.
Er war fast schon wieder an dem Fluß angelangt, als ihm einfiel, daß er ja hatte frische Lebensmittel mitbringen wollen. Gar so weit war sein Vorratsraum nicht entfernt, es war besser, er lief schnell noch einmal zurück, denn er wußte nicht, ob er morgen die Zeit finden würde, wieder herzukommen. Er brauchte von hier aus nicht denselben Weg zurückzugehen, sondern konnte einen anderen Gang benutzen, der von einer Gabelung aus direkt zu seinem Proviantlager führte.
Er hatte sein Ziel schon beinahe erreicht, als er zu seinem namenlosen Entsetzen im Licht der Lampe eine Gestalt mit dem Gesicht nach unten auf dem kalten Steinboden ausgestreckt liegen sah. Es war Tom!
Pitch stand wie angewurzelt und bebte von Kopf bis Fuß. Es

dauerte eine ganze Weile, ehe er imstande war, seine Beine wieder zu bewegen. Wie betäubt wankte er vorwärts, beugte sich über den leblosen Körper, drehte ihn auf den Rücken und richtete das Licht auf das finstere, bärtige Gesicht. Wieder starrte er es eine ganze Weile an, ehe er sich in seiner Benommenheit zum Handeln entschließen konnte. Die schmalen, ausgedörrten Lippen Toms bewegten sich leise. Pitch fühlte den Puls. Er schlug kräftig und gleichmäßig. Ihm wurde klar, daß nur Wasser und Nahrung fehlten, um den Bewußtlosen wieder auf die Beine zu bringen.
Immer noch wie betäubt taumelte Pitch auf die Füße und verließ den bewußtlosen Riesen. Das Blaue Tal war nicht weit entfernt. Dort gab es Wasser und Nahrung, um Tom am Leben zu erhalten. Und *wenn* er damit zurückkam, würde Tom das Blaue Tal zerstören...

Eine schwere Entscheidung

Steve rührte sich weder, noch sprach er ein Wort, während Pitch ihm berichtete, daß sich sein Stiefbruder im Tunnellabyrinth verirrt habe. Er starrte nur in Pitchs versteinertes, leichenblasses Gesicht, das geradezu geisterhaft wirkte im gelben Schein der Lampe.
»Wenn ich ihn tot aufgefunden hätte, wäre es viel einfacher.« Pitch machte eine Pause, um die Flamme etwas niedriger zu stellen. »Ich habe keine Sympathie mehr für ihn, keinerlei Gefühl, so wenig wie er mir gegenüber. Ich weiß, daß er mich haßt, weil ich scheu und schwächlich bin, so ganz anders als er. Steve, was ist mit dir?« unterbrach er sich und schüttelte den Jungen vorsichtig.
»Mir fehlt nichts. Es ist nur der Schreck, der...« Er beendete den Satz nicht.
Pitch trat an den Herd und nahm einen Topf mit aufgewärmter Suppe vom Feuer. Während er die Suppe in seine Feldflasche füllte, sagte er mit gebrochener Stimme: »Ich muß ihm etwas zu

essen bringen, Steve, ich habe keine Wahl. Ich kann ihn nicht einfach dort liegen lassen, bis er tot ist.«
»Nein, du kannst ihn nicht sterben lassen«, wiederholte der Junge kaum hörbar und stand auf.
»Du brauchst mich nicht zu begleiten, er ist bewußtlos«, sagte Pitch.
»Ich möchte aber mitkommen.«
Pitch sah Steve lange an. »Also gut, komm mit!«
Steve hielt sich dicht hinter seinem Freund, als sie durch die Gänge schritten. Allmählich erholte er sich von dem Schock. Vielleicht half das schnelle Gehen, vielleicht Pitchs Kenntnis dieser unterirdischen Welt, eine Kenntnis, die es doch wohl sollte aufnehmen können mit Toms brutaler Kraft. Was immer es auch war, Steve fand ein wenig Wärme, ein wenig Hoffnung in der Dunkelheit.
Daß Tom den Eingang zum Tunnellabyrinth gefunden hatte, mußte nicht unbedingt bedeuten, daß er auch das Blaue Tal entdecken würde. Sie mußten irgendeine Möglichkeit finden, ihn fernzuhalten!
Erst als Steve die riesige Gestalt im Licht der Taschenlampe liegen sah, erfüllte ihn von neuem Furcht vor dem Mann. Seine entsetzten Augen entdeckten die Bullenpeitsche, die sich Tom um seine Hüften geschlungen hatte. Könnte er sie ihm doch entwinden, damit der Gigant nie wieder Unheil damit anrichten konnte!
»Da du schon mitgekommen bist, hilf mir bitte«, flüsterte Pitch, »halte seinen Kopf, damit ich ihm die Suppe einflößen kann!«
Steve lehnte den schwarzhaarigen Kopf in die Beuge seines Arms, während Pitch seinem Stiefbruder die Feldflasche an den Mund hielt. Die Flüssigkeit benetzte die aufgesprungenen Lippen, und beim mühsamen Schlucken bewegten sich die Wangen- und Halsmuskeln des Riesen konvulsivisch. Pitch setzte nach einigen Sekunden die Feldflasche ab. »So, das genügt für diesmal.«
Steve legte Toms Kopf wieder auf den Boden, und Pitch wandte das Licht von ihm ab. »Wir haben leider keine Wahl, sondern müssen ihn hier liegen lassen«, sagte Pitch voller Ingrimm. »Tra-

gen können wir ihn nicht, dazu ist er viel zu schwer. Wenn es möglich wäre, würden wir ihn zurück auf die Landzunge schaffen, bevor er wieder bei Bewußtsein ist. Wir müssen uns heute nacht überlegen, was wir unternehmen können.« Er richtete das Licht auf Steves verkrampftes Gesicht. »Laß uns jetzt zurückgehen, mehr können wir hier im Moment nicht tun.«
Erst nachdem sie schon weit entfernt waren, erinnerte sich Steve daran, daß er vergessen hatte, Tom die Bullenpeitsche wegzunehmen. Es war jetzt schon zu spät, um noch einmal umzukehren, und so beschloß er, es am kommenden Tag zu tun. Doch als er hinter Pitch herging, überkam ihn die Vorahnung, daß dieser Fehler verhängnisvoll war.
Sie erreichten ihr Lager, ohne ein Wort miteinander gewechselt zu haben. Die Herde weidete jetzt unmittelbar unter ihrem Felsvorsprung, einige Stuten tranken am Teich. Das Fohlen stand in der Nähe, aber Feuerstrahl hielt sich wachsam zwischen ihm und der Herde und beschützte es.
»Du hättest das Fohlen besser wieder in die ›Flaschenschlucht‹ gebracht«, sagte Pitch. »Es ist heute reichlich spät geworden.«
Steve nickte zustimmend, nahm die Milchflasche und den Sauger und wärmte die Milch an, während Pitch eine Dose Hackfleisch für sie zum Abendessen zurechtmachte. Beide dachten an Tom und wie sie abwenden könnten, was ihnen drohte.
Nach einigen Minuten nahm Steve die Milchflasche aus dem Wasserbad und träufelte ein wenig Milch aus dem Gummisauger auf seinen Handrücken. Sie war noch nicht warm genug für seinen Pflegling. Er stellte die Flasche wieder ins heiße Wasserbad zurück. Dann sagte er: »Tom muß den Eingang durch denselben Luftschacht gefunden haben wie wir beim erstenmal.«
»Ja, es ist die einzige Möglichkeit, in die Tunnels zu gelangen.«
Steve ließ seinen Blick über das Tal schweifen, wo Feuerstrahl immer noch in der Nähe des Fohlens weidete. Dann sah er zu dem wolkenlosen Himmel auf, als vertiefe er sich in die Sternbilder. »Pitch, wenn Tom wieder zu Bewußtsein kommt, kann er doch gar nicht wissen, wer ihm Nahrung eingeflößt hat!«
»Wer sollte es denn sonst sein?«

Steve zuckte die Achseln. »Er kann es vermuten, aber sicher ist er nicht.«
»Aller Wahrscheinlichkeit nach ist er uns mit der ›Seekönigin‹ gestern nachgefahren, also weiß er, daß wir uns auf der Insel befinden.«
»Wenn er hinter uns hergekommen wäre, hätte er doch den Eingang von der See her entdeckt!« widersprach Steve. »Wir haben uns aber beide immer wieder umgesehen – es folgte uns niemand, als wir einfuhren!«
»Wahrscheinlich war er uns nicht nahe genug auf den Fersen, so daß wir ihn nicht sehen konnten«, meinte Pitch. »Als er dann unsre Barkasse nicht am Landepier auf der Landzunge fand, wußte er mit Sicherheit, daß wir uns auf der Insel befanden und einen ihm unbekannten Eingang benutzt haben mußten.« Pitch seufzte. »Doch nehmen wir ruhig einmal an, du hättest recht, Steve – was nützt es? Was macht es aus, ob er sicher ist oder Zweifel hegt?«
»Wir müßten ihm die Augen zubinden und ihn auf die Landzunge zurückbringen, ohne daß er merkt, daß wir es sind!« sagte Steve schnell.
Pitch schüttelte müde den Kopf. »Du glaubst doch wohl nicht im Ernst, daß er sich von uns eine Binde umlegen ließe! Sowie er zu sich kommt, läßt er sich von uns nicht mehr berühren, da kannst du sicher sein!«
»Aber was können wir bloß tun, Pitch?« fragte der Junge verzweifelt. »Wir müssen einen Ausweg finden!«
»Ich weiß, ich weiß, Steve! Hoffentlich fällt mir etwas ein. Geh, füttere jetzt das Fohlen!«
Steve ging auf den Pfad zu, blieb noch einmal stehen und wollte etwas sagen; aber er unterließ es, als er sah, daß Pitch sein Gesicht in den Händen verborgen hatte.
Feuerstrahl kam ihm unten entgegen und wieherte, um seine Aufmerksamkeit auf sich zu ziehen. Steve strich ihm mit den Fingern durch die Mähne und ging auf das Kleine zu. Der Hengst hielt sich dicht an seiner Seite. Der Junge ließ seine Hand liebevoll über den pelzigen kleinen Körper gleiten und untersuchte,

ob die Schiene ihn auch nirgends wundrieb. Das Fohlen wieherte und drängte sich zur Milchflasche, aber Steve hielt es sanft zurück und ging auf den Eingang zur »Flaschenschlucht« zu. Die beiden Pferde folgten ihm auf den Fersen.
Er lockte das Fohlen bis zum Eingang der Schlucht, dort ließ er es trinken, Feuerstrahl sah zu. Der Junge beobachtete die beiden, aber seine Gedanken weilten bei Tom Pitcher. Was würde der Riese tun, wenn er jemals den Hengst, das Fohlen und die Herde entdecken würde?
Nachdem das Fohlen seine Flasche geleert hatte, verschloß Steve die Schlucht mit den bereitliegenden Stangen. Feuerstrahl zupfte ihn zärtlich hinten am Hemd, das Fohlen wieherte in seinem Pferch. Eingesperrt zu werden, gefiel ihm gar nicht. Steve hielt sich noch eine Weile auf, bis es sich beruhigt hatte.
»O Pitch«, flüsterte er, »laß dir nur etwas einfallen, um Tom von hier fernzuhalten! Du kennst doch das unterirdische Labyrinth so genau, es müßte dir irgendwie möglich sein! Wenn er ins Blaue Tal gelangen sollte, wird er unser Paradies zerstören, vor allem die Pferde!«
Als er wieder im Lager war, reichte ihm Pitch sein Essen. Steve nahm den Teller, aber seine Augen blieben am Gesicht des Freundes hängen. Er fand darin kein Zeichen, das ihm Hoffnung gegeben hätte.
Beide aßen schweigend. Vom Tal herauf hörte man nur das Rauschen des Wasserfalls und das gelegentliche Wiehern einer Stute. Das Fohlen war wahrscheinlich schon eingeschlafen.
Endlich sagte Steve: »Dir ist kein Ausweg eingefallen, Pitch«, es war keine Frage, sondern eine Feststellung.
»Nein«, seufzte Pitch.
Als sie ihre Mahlzeit beendet hatten, sagte Pitch gepreßt: »Die einzige Möglichkeit ist, ihn, wenn er zu sich kommt, daran zu erinnern, daß ich ihm das Leben gerettet habe, und ihm klarzumachen, daß ich ihn nur dann zu seiner Barkasse zurückführen werde, wenn er mir sein Wort gibt, niemals wieder die Blaue Insel zu betreten und keinem Menschen zu erzählen, was er entdeckt hat.«

»Er wird sein Wort nicht halten! Er wird entweder trotzdem zurückkommen, oder er wird dich niederschlagen, noch bevor du ihn aus den Tunnels herausgeleitet hast.«
»Dann schlage mir etwas anderes vor!« stöhnte Pitch.
Steve antwortete mit einem verzweifelten Schulterzucken.
»Ich werde ihn auf demselben Weg hinausführen, auf dem er hereingekommen ist, dann sieht er das Blaue Tal nicht.«
»Es sei denn, er kommt später wieder« sagte Steve, »und genau das wird er tun, du weißt es so gut wie ich. Er wird noch andere mitbringen, um den Weg durch die Tunnels zu finden...«.
Pitch stand auf. »Ja, das weiß ich auch. Aber immerhin wird es nicht leicht für sie sein, den Weg zum Blauen Tal ausfindig zu machen. Mir fällt kein Ausweg ein, Steve, ich bin verzweifelt.«
Der Junge grub seine Zähne in die Unterlippe, er folgte seinem Freund schweigend in die Höhle. Pitch blieb am äußersten Ende vor der Kiste stehen, die die Sammlung seiner kostbaren Altertümer enthielt. Er hob den Deckel und tat den am Nachmittag gefundenen Silberbecher und den Sextanten zu den anderen Schätzen.
Steve sah die lange Lanze obenauf liegen, und unwillkürlich fiel ihm wieder Toms Bullenpeitsche ein. Hätte er sie dem Bewußtlosen doch vorhin bloß abgenommen! Pitch schloß den Deckel, nahm seine Lampe auf und sah ihm ins Gesicht. »Was ich jetzt sage, wird sehr egoistisch klingen, Steve«, sagte er leise, »aber ich beabsichtige, diese Kiste morgen früh nach Antago zu bringen.«
»Weshalb denn, Pitch?«
»Wie du sehr richtig gesagt hast, ist nicht auszuschließen, daß Tom mich entweder niederschlägt oder zwingt, ihn hierher zu bringen. Aus diesem Grund möchte ich diese Funde, mein Manuskript, die Photographien, kurz, alles in Sicherheit bringen, was historischen Wert besitzt. Denn wenn er etwas davon findet, wird er es vernichten. Da bin ich sicher.«
»Und die Pferde?« fragte Steve bitter. »Was soll aus ihnen werden? Hältst du sie für weniger wertvoll als deine...«
»Das nicht, das nicht! Ich weiß es nur zu gut, Steve!« fiel Pitch hastig ein, um Steves Zorn zu dämpfen. »Aber es ist uns doch

nicht möglich, die Pferde von der Insel wegzubringen – außer dem Fohlen. Das wirst du natürlich mitnehmen.«
Steve schwieg lange, und als er wieder sprach, war kein Zorn mehr in seiner Stimme, nur Hoffnungslosigkeit und Verzweiflung. »Demnach glaubst du also tatsächlich, daß es das Ende von allem bedeutet und daß wir nichts tun können, um dieses Ende abzuwenden...«
»Nicht das Ende von allem, mein lieber Junge! Vielleicht das Ende unseres Alleinseins auf der Insel, unserer wunderschönen, stillen Arbeit hier, bis wir später einmal der Welt das Resultat hätten vorlegen können... Das Klügste, ja das einzige, was wir unter den Umständen tun können, ist, schleunigst in Sicherheit zu bringen, was sich transportieren läßt. Wenn wir morgen früh in Antago ankommen, deponiere ich diese Kiste in der Stahlkammer meiner Bank. Niemand wird erfahren, was sie enthält. Der Direktor der Bank ist ein Freund von mir, und ihm werde ich einen Brief hinterlassen, den er öffnen soll, wenn ich nach zwei Tagen nicht wieder in Antago erscheine. In dem Brief werde ich ihm den Eingang von der See her und den Weg zum Blauen Tal erklären.«
»Wenn du nicht zurückkehrst?« wiederholte Steve verwirrt. »Wie meinst du das, Pitch? Selbst falls dich Tom zwingen sollte, ihn hierher zu führen, so bist du doch frei, nach Antago zu fahren, wann du willst?«
»Meinst du?« Pitch sprach mehr zu sich selbst als zu Steve. »Ich weiß ja nicht, was passieren wird...« Als er in die angstvoll auf ihn gerichteten Augen des Jungen sah, fuhr er lauter fort: »Aber der Brief wird Hilfe bringen, damit Tom davon abgehalten wird, hier alles zu zerstören... Selbst wenn ich nicht mehr zurückkommen sollte. Und selbst wenn meine Beschreibung nicht klar genug sein sollte für meine Freunde, so bist du ja dann da und kannst die Führung der Rettungsexpedition übernehmen. Ach, lieber Gott, ich wünschte, das wäre nicht nötig!« setzte er kaum hörbar hinzu.
»Aber Pitch! Warum soll *ich* sie denn zurückführen? Ich bleibe doch bei dir!«

»Nein, Steve, du fährst morgen früh mit mir nach Antago und wirst dort bleiben!«
»Das werde ich nicht tun! Du brauchst meine Hilfe, wenn hier etwas schlimm ausgeht! Ich kehre selbstverständlich mit dir zurück!«
»Überlege dir doch einmal in Ruhe, Steve: Du kannst mir doch viel mehr helfen, wenn du die Männer schnell und ohne Umwege hierher führst!« sagte Pitch, bemüht, recht ruhig zu bleiben. »Du kämst doch, mir und der Herde zu helfen! Du hast doch selbst gesagt, daß du weißt, was den Pferden bevorsteht, wenn sie Tom in die Hände geraten.«
Steve sah seinen Freund lange schweigend an. Es widerstrebte ihm heftig, Pitch mit seinem gewalttätigen Stiefbruder allein zu lassen. Trotzdem leuchtete ihm ein, daß Pitch recht hatte. Er könnte tatsächlich die Helfer am schnellsten zum Blauen Tal führen. Wenn Pitch indes in seinem Brief den Weg genau beschrieben hatte – und sie konnten ein übriges tun, indem sie den Eingang von der See morgen offenstehen ließen, damit die Helfer ihn ohne weiteres finden konnten –, so war es doch ungleich besser, er kehrte mit Pitch von Antago wieder zurück und stand ihm gegen Tom bei, wenn es nötig werden sollte.
Ein Blick in Pitchs Augen belehrte ihn, daß Widerspruch augenblicklich nutzlos wäre. Vielleicht würde er am nächsten Morgen weniger unnachgiebig sein. Er folgte dem Älteren wortlos zum Schlafplatz, kroch in seinen Schlafsack und versuchte die Augen zu schließen; aber er war viel zu erregt, sein Herz hämmerte, als ob er Schwerarbeit verrichtete, sein Körper war schlaff und wie gelähmt. Zum ersten Mal in seinem Leben wurde er von Furcht geschüttelt. Schweißperlen standen ihm auf der Stirn, obwohl die Nachtluft sehr kühl war. Sein einziger Gedanke galt Tom: Toms Bullenpeitsche, Tom im Tunnel, Tom im Blauen Tal, Tom und die Pferde... Bedeutete es das Ende? Sah Pitch zu schwarz?
Er stand auf, um frisches Wasser zu holen. Er redete sich ein, er habe Durst, aber das war es nicht. Er hatte das Bedürfnis zu stehen, zu gehen, sich von der Mattigkeit zu befreien, die seinen Geist und seinen Körper befallen hatte. Er fand die Feldflasche

leer. So hatte er einen Vorwand, zum Wasserfall zu wandern und sie frisch zu füllen. Sein Hirn vermochte sich nicht von dem Gedanken an Tom zu lösen. Er starrte in die undurchdringliche Finsternis oben am Tunneleingang, füllte rasch seine Flasche und ließ den Blick über das Blaue Tal wandern.
Es war eine mondlose Nacht, aber die Sterne waren so nahe, daß ihr Licht das Tal erhellte. Steve konnte die Umrisse der Pferde erkennen und hörte, wie sie Gras abrupften. Er hörte das Fohlen in der »Flaschenschlucht« kurz aufwiehern. Er sah Feuerstrahl auf seinen geisterhaft leichten Hufen lautlos durch das Tal galoppieren, dann wieder stehenbleiben und grasen. Steve dachte an das furchtbare Gebiß des Hengstes, an die vernichtenden Schläge, die seine Vorderhufe austeilen konnten, und an seine mächtige Hinterhand. Er war imstande, ein Lebewesen zu töten, wenn er auskeilte. Falls es Tom je gelingen würde, ins Blaue Tal zu gelangen, so würde er versuchen, an Feuerstrahl seine Gewalt zu erproben. Und der Hengst würde sich wehren. Es würde ein entsetzlicher Kampf werden, den es mit allen Mitteln zu verhindern galt.
Steve begab sich zurück zum Lager, er nahm die gefüllte Flasche mit, vergaß aber zu trinken. Doch fühlte er sich etwas besser, nachdem er das kleine Stück gegangen war. Er legte sich wieder hin und versuchte zu schlafen. Es war bitter nötig, daß er am Morgen ausgeruht und gekräftigt war.
Morgen würden sie Tom gegenüberstehen, auf seine Teufeleien gefaßt sein müssen. Pitch hatte recht, es gab kein Ausweichen. Sie mußten nach dem Plan handeln, den er sich zurechtgelegt hatte. Sie konnten Tom weder sterben noch ihn als Gefangenen im Tunnel lassen, denn wenn sie das täten, wären sie so grausam und bösartig wie er. Sie mußten ihn gewähren lassen.
Erst nach Stunden gelang es Steve einzuschlafen – mit der Sorge vor dem kommenden Tag.

Aus dem Hinterhalt

Als Pitch kurz vor der Morgendämmerung erwachte, stellte er fest, daß sein junger Freund noch fest schlief. »Das ist gut«, dachte er, »ich werde ihn nicht wecken.«
Lautlos stand er auf und wärmte die letzte vorhandene Dose mit Suppe und machte sich auf den Weg in die Tunnels. Seine Absicht war, Tom jetzt schon die Flüssigkeit einzuflößen, damit er ganz früh mit Steve nach Antago aufbrechen konnte. Er würde dann am Nachmittag allein zur Blauen Insel zurückkehren, um Tom gegenüberzutreten.
Sobald er das Tunnellabyrinth erreicht hatte, knipste er seine Taschenlampe an. Er erwartete keine Schwierigkeiten. Er zweifelte, ob er Tom schon bei Bewußtsein antreffen würde, er glaubte mit Bestimmtheit, daß Tom noch nicht wahrnehmen würde, was mit ihm geschah. Suppe war in seinem Zustand das Richtige. Wenn er am Nachmittag zurückkam, würde er ihm festere Nahrung verabreichen, und dann würde sich der Riese sehr schnell erholen. Am Abend mußte er mit ihm reden, unbedingt, bevor er wieder voll bei Kräften war.
Pitch lief rascher, er war völlig sicher, einen Bewußtlosen vorzufinden...
Tom lag und starrte mit offenen Augen in die ihn umgebende Finsternis. Er lauschte, ob sich Schritte näherten. Früher oder später würden sie kommen, das wußte er. Beim Erwachen hatte er den Geschmack von Hühnerbrühe im Munde gehabt. Also mußte sie ihm jemand eingeflößt haben. Er vermochte auch Arme und Beine wieder zu bewegen. Zur Übung hob und streckte er die Glieder eines nach dem andern. Sie gehorchten seinem Willen wieder. Er ruhte eine Weile, dann setzte er sich auf. Sein Körper schwankte ein wenig, aber er war sehr befriedigt über die schnelle Wiederkehr seiner Kräfte und legte sich wieder zurück, um auf Pitch zu warten, der ihm neue Nahrung und – neue Kraft bringen würde.
Seine schmalen Lippen verzogen sich zu einem hämischen Grin-

sen. Kein anderer als Pitch konnte es sein, der ihm Nahrung brachte! Er schloß die Augen, um nicht mehr in die verhaßte Dunkelheit starren zu müssen, die ihm die Erinnerung an seinen Kampf um Leben und Tod wachrief. Oh, bald, sehr bald würde er diese gruftähnliche unterirdische Welt hinter sich lassen. Er lebte, er hatte sie besiegt! Was immer es auf der Insel gab, was immer Pitch und der Junge entdeckt haben mochten, gehörte ihm! Er würde es schlau anfangen. Vielleicht wollte Pitch ihn hier zugrundegehen lassen? Doch nein, dazu fehlte dem der Mut... Er plante vielleicht, ihn als Gefangenen zu halten, aber ihn sterben lassen? Das würde er nicht!
›Ich werde abwarten‹, sagte er zu sich selbst, ›ich werde mich verstellen, wenn er kommt. Er soll denken, ich sei noch bewußtlos, wenn er mir wieder etwas zu essen bringt. Wenn er geht, werde ich ihm heimlich nachschleichen. Ich werde die beiden überraschen!‹
Als er die leichten Schritte seines Stiefbruders auf dem Steinboden nahen hörte, öffnete er die Augen und grinste triumphierend, denn nun war er ganz sicher, wer da kam. Er kannte Pitchs Schritte unter Tausenden heraus. Er wartete, bis sich das schwankende Licht näherte, dann schloß er seine Augen wieder.
Er atmete tief und regelmäßig, als sich die Taschenlampe auf sein Gesicht richtete. Er fühlte, wie eine Hand seinen Kopf anhob, es war eine schmale, weiche Hand, ohne Zweifel Pitchs Hand! Das Metall des Eßgeschirrs schob sich sanft zwischen seine Lippen, warme, nahrhafte Suppe floß in seinen Mund. Er schluckte, ohne die Augen zu öffnen. Dann wartete er. Wieder wollte sich das Grinsen auf seine Lippen stehlen, aber er unterdrückte es, denn er wollte sich um keinen Preis verraten und seinen Plan vereiteln. Das Geschirr wurde weggenommen, als es leergetrunken war. Toms Kopf glitt sacht auf den Boden. Dann kam das Geräusch der sich entfernenden Schritte. Tom öffnete die Augen und setzte sich auf. Ein paar Sekunden blickte er dem tanzenden Lichtschein nach, dann bemühte er sich, auf die Füße zu kommen. Zuerst schwankte er wie ein Betrunkener, aber die Suppe hatte ihn gekräftigt, und er vermochte sich aufrecht zu halten.

Vornübergebeugt schlich er in einiger Entfernung hinter dem Lichtschein her, der ihn aus der Welt der Finsternis ins Licht des Tages zurückführen sollte...

Steve erwachte von dem Geräusch eines Topfes, der auf den Herd gestellt wurde. Er sah, daß es bereits hell und die Morgendämmerung der Sonne gewichen war.
»Das Frühstück ist fertig«, sagte Pitch.
»Ich habe dich absichtlich schlafen lassen.«
Die Kiste, die Pitchs Sammlung enthielt, stand zum Abtransport bereit auf dem Felsvorsprung. Bei ihrem Anblick wurde Steve hellwach und dachte sofort wieder an die Schrecknisse, die dieser Tag für sie bereithalten mochte. Er ging zum Teich, um sich zu waschen. Als er zurückkam, reichte ihm Pitch seinen Teller mit Schinken und Toastbrot.
»Ich habe ihm vorhin schon Suppe hingetragen«, sagte Pitch, während Steve frühstückte.
Steve blickte erschrocken auf. »Du bist heute morgen schon bei ihm gewesen?«
»Ja, ganz früh«, nickte der Ältere.
»Und wie steht es mit ihm?«
»Wie mir scheint, ist er noch ziemlich schwach, er öffnete nicht einmal die Augen.« Pitch leerte seinen Teller, ehe er weitersprach: »Die Kiste wird recht schwer sein, aber ich hoffe, wir können sie tragen.« Bei diesen Worten hob er den Deckel und legte die Aktenmappe, die sein Manuskript und die Photos enthielt, sorgsam obenauf. Dann machte er den Deckel wieder zu. Steve beobachtete ihn, ohne ein Wort zu sagen.
»Ich habe schon ein paar persönliche Wertsachen in der Stahlkammer der Bank in Sicherheit gebracht«, fuhr Pitch fort. »Infolgedessen wird niemand etwas dabei finden, wenn ich noch eine Kiste dazustellen lasse. Selbstverständlich werde ich sie fest vernageln.« Er griff nach der Kaffeekanne, um sich noch eine Tasse nachzuschenken. Seine Hand zitterte. Er warf einen Blick auf Steve, um festzustellen, ob dieser seine Nervosität bemerkt habe, doch der Junge starrte nur auf seinen Teller, von dem er nur we-

nige Happen genommen hatte. »Iß dein Frühstück auf, Junge! Du wirst Kraft brauchen«, trieb er ihn an.
Steve gehorchte mechanisch.
»Ich habe den Brief geschrieben, von dem ich mit dir gesprochen habe«, begann Pitch von neuem. »Also für den Fall, daß etwas passieren sollte...«
»Pitch! Es wird dir nichts passieren! Tom wird es nicht wagen! Er wird nur zu froh sein, wenn du ihm den Weg zeigst, der aus seinem Gefängnis herausführt! Ich glaube, daß wir uns vielmehr Sorgen darüber machen müssen, was später geschieht, wenn er frei ist und nach Antago zurückkehrt!«
»Vielleicht hast du recht, aber wir müssen auf alles gefaßt sein.« Pitch machte eine Pause und wechselte dann das Thema. »Hast du dich dazu entschlossen, das Fohlen mitzunehmen?«
Steve nickte.
»Es ist das Klügste, was du tun kannst«, bestätigte ihm Pitch. »Es ist auf Antago erst einmal in Sicherheit, bis wir wissen, was Tom als nächstes unternimmt. Ich werde dir beim Füttern helfen.«
»Das ist nicht nötig, Pitch! Ich werde sehr gut allein fertig.«
Steve füllte etwas Milch in die Saugflasche. Er hatte noch genug Vorrat davon, daß es reichte, bis sie in Antago waren.
»Ich begleite dich zum Fohlen hinüber, hier ist nichts mehr für mich zu tun«, sagte Pitch. »Je schneller es seine Milch trinkt, um so eher können wir aufbrechen. Ich denke, wir tragen zuerst die Kiste auf die Barkasse und holen das Fohlen nach. Immerhin wird es dann Mittag sein, bis wir abfahren können.«
Sie gingen schnell ins Tal hinunter. Pitch hastete voraus. Sie sahen das Fohlen schon erwartungsvoll hinter dem Gatter der »Flaschenschlucht« stehen.
Steve schob die oberste Stange des provisorischen Gatters, das die »Flaschenschlucht« abschloß, zur Seite, stieg über die untere weg, und Pitch folgte ihm. Dann legte er sie wieder an ihren Platz. »Wir wollen es vorläufig nicht hinauslassen«, murmelte er. Das Fohlen stürzte sich gierig auf seine Flasche und sog. Pitch streichelte sein seidiges Fell.
»Wenn es dir kein Vergnügen macht, brauchst du es nicht zu

halten, es läuft nicht weg« sagte Steve und hob die Flasche etwas höher, damit das Fohlen bequemer trank. »Übrigens kann ich es wahrscheinlich an der Leine mitführen, wenn wir die Kiste hinübertragen. Wir hätten dann den Weg nur einmal zu machen, Pitch.«
»Ich fürchte, es könnte sich von neuem verletzen. Laß uns seinetwegen lieber ein zweites Mal gehen. Außerdem müssen wir es durch die Schlucht sowieso tragen, und wir können nicht beides zugleich bewältigen – die Kiste und das Fohlen!«
»Wie du meinst, Pitch.«
Als sie fortgingen, wieherte das Fohlen sehnsüchtig hinter ihnen her. Auf halbem Wege hörten sie herangaloppierende Hufe, Feuerstrahl kam auf sie zu. Pitch drängte sich unwillkürlich näher an Steve.
Der Hengst hielt jählings vor ihnen an, bäumte sich und schlug übermütig mit den Vorderhufen in die Luft, dann warf er seinen riesigen Körper herum, als wären seine Hinterhufe am Boden verankert, kam herunter und schoß wieder davon. Er schlug einen großen Bogen, kam wieder zurück, hielt hinter Steve an und stupfte ihn zärtlich in den Rücken.
Steve fuhr ihm mit der Hand durch die Mähne, warf ihm dann plötzlich die Arme um den Hals und preßte sein Gesicht fest an ihn.
Pitch mahnte sanft: »Komm jetzt, Steve, es wird sonst zu spät!«
Er legte ihm die Hand auf den Arm und zog ihn mit sich fort. Der Hengst kam ihnen nach und drängte sich die ganze Zeit fest an den Jungen. Erst als sie den Pfad zum Lager hinauf einschlugen, trennte er sich von ihnen und lief zu seiner Herde.
Steve vermochte die Tränen nicht zurückzuhalten, als er hinter seinem Freund her den Pfad hinaufstieg. Er stolperte und versuchte sich zusammenzunehmen, indem er sich auf den Weg konzentrierte. Er hatte nicht bemerkt, daß Pitch wie vom Schlag getroffen plötzlich bewegungslos stehen geblieben war, und stieß an ihn. Erstaunt sah er auf. »Aber Pitch, was ist los?« Pitch hatte mit einem Fuß gerade den Felsvorsprung erreicht, als er in der Bewegung wie zu Stein erstarrte.

Steve sah an ihm vorbei: Tom stand vor ihnen!
Seine Schweinsäuglein blitzten satanisch, sein seit Tagen nicht rasiertes Gesicht wirkte finster und unappetitlich, er zeigte grinsend seine kleinen, eckigen Zähne. »Schön, daß ihr wieder zurück seid«, sagte er höhnisch und streckte Pitch die riesige Pranke entgegen.

Die Bullenpeitsche

An Tom war alles genau so, wie Steve es in Erinnerung hatte. Er war hartherzig, bösartig, teuflisch. Jetzt half er Pitch auf den Felsvorsprung hinauf. So viel Höflichkeit paßte nicht zu ihm. Und dann die trügerisch sanfte Stimme: »Freut mich, dich wiederzusehen!« Dann wandte er sich Steve zu. Noch immer waren Haß und Gier in seinen Augen zu lesen, aber sie waren vermischt mit einer Art von Entsetzen oder Traurigkeit, ja sogar mit einer Bitte um Hilfe. »Und du? War dein Name nicht Steve? Komm herauf!«
Steve hielt sich bereit, beim ersten Zeichen Pitchs rechtsumkehrt zu machen und davonzurennen. Dessen Blick war jedoch starr auf Tom geheftet, obwohl er kein Wort zu ihm sprach. Steve sah drei leere Dosen herumliegen, ihren letzten Vorrat. Tom hatte ihn aufgegessen. Pitchs Aktenmappe war aus der Kiste herausgenommen, aber noch nicht geöffnet. Die von Pitch gezeichnete Landkarte der Insel lag zusammengerollt daneben. Tom stand neben der Kiste. Pitch trat vor, also beabsichtigte er nicht, vor seinem Stiefbruder zu flüchten.
Einige Schritte vor Tom blieb Pitch stehen und musterte seinen Stiefbruder ruhig. Nach einer Weile sagte er: »Jetzt, wo du also weißt...« Er brach ab, denn Tom hatte sich jäh umgedreht.
Steve fühlte, wie ihm eine Gänsehaut über den Rücken lief, denn jetzt war das Unbestimmbare, die Traurigkeit und Hilfsbedürftigkeit aus den Augen verschwunden. Sie waren nur noch voller Haß und Verachtung. Tom beugte sich vor, und sein Körper

schwankte ein wenig, nur seine Augen schienen lebendig. Aber er wandte sich wieder von Pitch weg und blickte auf das Tal hinunter. Er sagte, noch immer mit sanfter Stimme: »Hier gibt es tatsächlich allerlei zu sehen. Wenn man bedenkt, daß das immer hier war, ohne daß es jemand gewußt hat!« Seine Augen hatten sich an der Herde festgesaugt und folgten jeder ihrer Bewegungen. Steve beobachtete ihn, es drückte ihm das Herz zusammen, er hatte ein Gefühl, als wäre er am ganzen Körper gelähmt.
»Tom, da du es jetzt weißt, müssen wir darüber sprechen«, begann Pitch zu reden, aber seine Stimme schwankte so, daß er abbrach.
Steve erkannte, daß sein Freund vor Angst und Entsetzen beinahe verging. Er war nicht imstande, etwas zu äußern, was von Bedeutung war. Der Riese wandte sich ihnen wieder zu und starrte sie feindselig an. Seine Lippen bewegten sich, brachten aber keine verständlichen Worte hervor, sondern nur unartikulierte, sozusagen tierische Laute. Steve schlug das Herz bis zum Hals. Er erkannte jetzt, daß kein gesunder Mensch vor ihnen stand, sondern ein Irrer. Vielleicht hatte Pitch das schon lange gewußt, vielleicht aber war Tom auch erst beim Herumirren in den Tunnels wahnsinnig geworden. Sein Körper versteifte sich, er ließ ein unmenschliches Knurren hören, dann verstummte er. Lange Zeit blieb er unbeweglich, in seinen Augen war wiederum die Angst und das Flehen um Hilfe zu lesen. Doch da gab es nichts, was sie für ihn hätten tun können ... oder für sich selbst. Er trat auf Pitch zu und sagte, noch immer mit sanfter Stimme: »Ich habe alles aufgegessen. Aber du wirst ja wohl noch mehr für mich haben, nicht wahr?«
Pitch nickte und drehte sich um.
»Aber nicht jetzt, vorläufig bin ich satt! Du hast hier zu bleiben!«
Er grinste niederträchtig.
»Ich habe dich aufgefunden. Sonst wärst du gestorben, Tom!« sagte Pitch gebrochen.
Steve trat unwillkürlich näher an seinen Freund heran. Warum versuchte er überhaupt, vernünftig mit Tom zu reden? Das war doch vergeblich! Sie mußten versuchen, ihm zu entkommen!

»Ich weiß, daß du mir Essen beschaffst!« Toms Stimme klang wie ein verächtliches Knurren, dann lachte er zum erstenmal laut. »Du tust alles, was ich dir befehle! Wenn ich sage: ›In die Knie‹, dann tust du es, und wenn ich sage ›Krieche‹, dann kriechst du auf allen vieren. Ich bin wie ein kleiner Herrgott, verstanden? Ich habe Macht, unbeschränkte Macht. Hier gibt es nichts, was ich nicht tun kann. Und niemand würde es erfahren!« Sein irrer Blick wanderte zu Steve hinüber. »Gilt auch für dich. Du wirst auch alles tun, was ich dir befehle! Begriffen?«
Steve nickte, ohne ihn anzusehen. Er hielt es nicht aus, in diese Augen zu blicken. Er wäre weggerannt, wenn er nicht den Moment hätte abpassen müssen, wo sie beide zusammen entwischen konnten.
Tom bückte sich. »Was hast du hier für Plunder?« sagte er und hob den Deckel von der Kiste. »Was ist das?«
»Altertümer, von den Spaniern hinterlassen.« Pitch war aschfahl. Der Riese war verrückt. Er würde morden, wenn er gereizt wurde oder es für nötig hielt. Noch nicht, erst würde er sie quälen, seinem Willen gefügig machen.
Pitch wußte es, aber er versuchte ruhig zu bleiben und vernünftig mit Tom zu reden.
Der Riese richtete sich auf, einen Sporn in der Hand. »Die haben gewußt, wie man einem Pferd den Meister zeigt!« sagte er und fuhr mit dem Finger über das scharfe Rädchen.
Dann fühlte Steve die plumpen Finger des Riesen auf seiner Schulter, aber sie preßten sich nicht auf schmerzhafte Weise ins Fleisch, wie er im ersten Augenblick erwartete, sondern er tätschelte ihn. »Du bist nicht so dumm wie der da«, sagte er herablassend, »du bist auf Pferde scharf, nicht auf solches Zeug. Ich habe dich bei dem roten Hengst beobachtet!«
Steves Herz schlug ihm so im Hals, daß er glaubte, er müßte ersticken. Er sah nicht auf.
Tom schmiß den Sporn verächtlich zu Boden und hob die neunschwänzige Katze aus der Kiste. Zärtlich spielte er mit den neun verknoteten Lederstängen. »Die Spanier fangen an, mir zu imponieren!« sagte er. Er knallte mit der Peitsche, und ein Knoten

traf dabei Pitchs Stirn. »Tut mir leid!« sagte Tom vergnügt. »An dieses Ding bin ich noch nicht gewöhnt!«
Entsetzt sah Steve, wie das Blut aus der Wunde rann, doch Pitch rührte sich nicht und sah Tom nicht an, sondern stand nur dicht neben der Kiste, um seine Schätze zu beschützen.
»Diese Peitsche ist nicht übel«, fuhr der Riese fort, »aber sie reicht nicht weit genug.« Er warf sie weg und wickelte sich die Bullenpeitsche vom Körper ab.
Steve fühlte, wie sich seine Muskeln krampfhaft zusammenzogen. Aus Pitchs Gesicht wich der letzte Tropfen Blut, als sich das grausame Instrument wie eine Schlange auf dem Boden wand, während Tom den kurzen Griff in der Hand hielt. »Das Schöne an der Bullenpeitsche ist, daß einem niemals ein Gegner nahekommen kann«, erklärte Tom, »ich werde euch zeigen, was ich meine!«
Er brauchte es ihnen gar nicht erst zu zeigen, sie hatten beide früher einmal zugesehen, wie er mit der Bullenpeitsche eins der kleinen Wildpferde von der Landzunge erbarmungslos gebrochen hatte.
Er ging an die andere Seite des Felsvorsprungs von der Kiste weg. »O Pitch, jetzt, laß uns jetzt rennen!« Steve wagte die Worte nur zu denken, denn sie befanden sich beide in Reichweite der Peitsche.
Tom sagte ihnen nicht, sie sollten beiseite treten. Er zog die Bullenpeitsche zurück, der lange geflochtene Lederriemen ringelte sich tückisch auf dem Boden entlang, bis er hinter Tom lag. Seine riesige Hand bewegte sich, und ein Knall ertönte hinter seinem Rücken wie ein Warnschuß vor dem, was jetzt kommen würde. Dann wirbelte Tom die Peitsche so schnell über seinen Kopf, daß man der Bewegung kaum mit den Augen folgen konnte, und ein zweiter lauter Knall ertönte, als das Ende der Peitsche mitten in die Kiste schlug. Als Tom sie zurückzog, riß er den Sextanten mit heraus. Das Leder hatte sich darum gewunden, und er lag jetzt zu Pitchs Füßen. Als Pitch sich bückte, um ihn aufzuheben, machte Tom eine Bewegung mit dem Handgelenk, die Peitsche zuckte, der Sextant löste sich und fiel über den

Rand des Lagerplatzes nach unten. Sie hörten den harten Aufschlag auf mehreren Felsen, dann herrschte Stille.
Nicht lange, und die Peitsche knallte wieder, diesmal wickelte sich ihr Ende um den Steigbügel, den Tom vorhin zu Boden geworfen hatte. Er folgte dem Sextanten und flog im Bogen hinunter ins Tal. Dann entwickelten sich die Geschehnisse so schnell, daß Steve jedes Gefühl für die Wirklichkeit abhanden kam.
Die Bullenpeitsche schlug einen immer schnelleren Takt, der schließlich in eine Art unheimlichen Singsangs überging. Steve sah nicht mehr im einzelnen, wie das zuckende Lederende in die Kiste tanzte, er sah nur, was folgte: Die mühevoll zusammengetragenen Altertümer wurden eins nach dem anderen ins Tal hinuntergeschleudert, und über dem infernalischen Zischgeräusch der Peitsche dröhnte Toms irres Gelächter.
Dann wurde es mit einemmal still. Steve und Pitch standen bleich und zitternd Toms unmenschlichem Wutausbruch gegenüber.
»Du hast mich da unten verkommen lassen wollen!« brüllte er. »Du hast gedacht, du könntest...«
»Nein!« schrie Steve gellend. »Das ist nicht wahr! Er wollte Ihnen den Ausgang zeigen!«
Das Leder knallte unmittelbar vor Pitchs Füße, den Bruchteil einer Sekunde lang blieb es dort liegen, das spitze, einer Klaue gleichende Ende bewegungslos. Ohne an die Folgen zu denken, stürzte sich Steve darauf, seine Finger packten das Leder und zerrten daran, als sei es etwas Lebendiges, das er zerreißen wollte. Dann spürte er, wie es weggezogen wurde, und gleich darauf war Pitch an seiner Seite und griff ebenfalls nach dem Leder.
Sie hörten Tom laut auflachen und auf sie zukommen. Steve wurde von der aufsteigenden Angst geschüttelt. In seinen Ohren dröhnte das Blut. Er schleuderte sich dem Riesen entgegen.
Seine rechte Schulter prallte auf Toms Oberschenkel. Er umschlang das Bein, um ihn zu Fall zu bringen. Der schwere Körper schwankte ein wenig, aber er stürzte nicht. Wieder ertönte das entsetzliche Gelächter, und Steve fühlte, wie er hochgehoben wurde. Rauhe, schonungslose Hände stellten ihn auf die Füße,

schüttelten ihn und stießen ihn grob zurück, so daß er taumelte. Er versuchte, das Gleichgewicht wiederzugewinnen, aber sein Kopf schlug mit voller Wucht gegen die Felswand. Dann wurde es schwarz um ihn.
Pitch stürzte sich auf Tom, noch ehe Steves Körper aufschlug. Mit aller Gewalt schlug der kleine Mann Tom ins Gesicht. Einmal, ein zweitesmal schlug er zu, dann ergriffen die entsetzlichen Hände auch ihn, und eine harte Faust löschte mit einem Schlag ins Gesicht sein Bewußtsein aus.

Auf der Flucht

Wie lange seine Ohnmacht gedauert hatte, wußte Pitch nicht. Beim Erwachen fühlte er, wie Hände seine Glieder abtasteten und dann vorsichtig schüttelten. Das waren nicht Toms Hände. Pitch versuchte, den Kopf zu heben, aber es gelang ihm nicht. Die Anstrengung ließ ihn erneut in Ohnmacht sinken.
Nach langer Zeit fühlte er wieder die Hände, und jetzt hatten die Kopfschmerzen etwas nachgelassen. Er konnte erkennen, daß er sich in der Höhle befand und daß eine Lampe brannte. Verschwommen nahm er eine Gestalt war, dann ein Gesicht. Er starrte es lange an, bis ihm bewußt wurde, daß es Steve gehörte.
»Pitch! Pitch!« flüsterte der Junge, und Pitch hob, unterstützt von Steves Hand, den Kopf.
Nach einer Weile setzte er sich auf. Anfangs verschwamm alles vor seinen Augen. Er vermißte seine Brille und versuchte die Hand zum Gesicht zu heben, aber Steve hinderte ihn daran: »Geduld!« wisperte er. »Ruh dich erst einmal aus, streng dich nicht an und sprich nicht!« Er rückte dicht heran, um seinen Freund noch besser stützen zu können. Pitchs Gesicht war bis zur Unkenntlichkeit verschwollen. Er mußte schlimme Schmerzen haben.
Von der Stelle aus, wo sie sich befanden, konnte man einen Teil des Felsvorsprungs überblicken. Steve hielt seine Augen wachsam

darauf gerichtet, während er seinem Freund Beistand leistete. Tom würde bald wieder erscheinen, um nachzusehen, ob sie inzwischen zu sich gekommen wären. Es ging schon lange so, er kam immer in Abständen und sah nach. Steve hatte ebenfalls heftige Kopfschmerzen, er strich von Zeit zu Zeit über die Beule an seinem Hinterkopf, um die Qual ein wenig zu lindern. Doch er wußte, daß seine eigene Verletzung geringfügig war, verglichen mit der Wirkung, die Toms brutaler Fausthieb in Pitchs Gesicht hinterlassen hatte.
Die Gestalt des Riesen erschien auf dem Pfad. Steve ließ Pitch schnell zu Boden gleiten. »Still, bewege dich nicht! Er kommt!« flüsterte er und legte sich mit dem Gesicht nach unten an die Stelle, an der er vorhin zu Boden gestürzt war.
Toms schwerer Atem und seine Schritte kamen immer näher, bis er unmittelbar vor ihm stehen blieb. Er wartete eine Zeitlang und entfernte sich dann wieder, leise vor sich hin fluchend.
Steve wartete, bis die Schritte nicht mehr zu hören waren, dann setzte er sich auf und beobachtete den Riesen, wie er die Reste aus den bereits geleerten Dosen kratzte. Er würde nun ungefähr in einer Stunde zurückkommen, das wußte Steve. Mit äußerster Vorsicht schlich er außerhalb des Lichtkegels der Lampe zu Pitch. Diesem fiel das Aufsetzen nicht mehr ganz so schwer wie vorhin, er brauchte weniger Hilfe. »Fühlst du dich ein bißchen besser?« fragte der Junge.
Pitch nickte, und seine aufgesprungenen Lippen flüsterten: »Wie lange ist es her?«
»Etwa drei Stunden«, sagte Steve, »nach der Sonne zu urteilen, muß es ungefähr Mittag sein.«
Pitchs Blicke wanderten zum Felsvorsprung hin, und der glasige Ausdruck wich aus seinen Augen, als er Tom weit hinten stehen sah. Er beobachtete ihn lange Zeit, ohne etwas zu sagen.
»Er wartet darauf, daß wir wieder zu Bewußtsein kommen«, erklärte Steve.
Pitch wandte sich ihm zu und entdeckte die riesige Beule an seinem Hinterkopf, aber er sagte nichts, sondern blickte wieder hinüber zu Tom. Dann hob und streckte er seine Beine, danach die

Arme, um zu erproben, ob ihm seine Glieder wieder gehorchten.
»Noch ein Weilchen, dann bin ich bereit!« flüsterte er.
Steve begriff sofort, was er meinte: bereit, den Versuch zu wagen, Tom zu entfliehen.
Eine Stunde verging, dann sahen sie, wie Tom wieder auf ihre Höhle zukam. Schnell legten sie sich wieder hin.
Steve hörte Tom hereinkommen, spürte, wie er das Licht der Laterne auf ihn richtete und wie sich Toms rauhe Hand um sein Gelenk legte, um seinen Puls zu fühlen. Danach ging er zu Pitch, drehte ihn auf den Rücken und goß ihm einen Topf Wasser ins Gesicht. Das leere Gefäß ließ er zu Boden fallen. Pitch stöhnte, rührte sich aber nicht. Der Riese machte keine weiteren Versuche, ihn zu sich zu bringen. Es war, als wüßte er, daß er Zeit hatte, viel Zeit, und warten konnte. Er wandte sich ab und ließ die beiden wieder allein.
Diesmal richtete sich Pitch auf, noch bevor Steve auf den Füßen war. Er war sehr unsicher auf den Beinen, flüsterte aber Steve zu, er solle aufstehen. Sie versuchten, den Lichtschein sorgfältig meidend, die verkrampften Muskeln geschmeidig zu machen, ließen dabei aber kein Auge von Tom, der sich an den Rand des Felsvorsprungs gesetzt hatte und ins Tal hinunterschaute. Steve zweifelte nicht, daß seine Aufmerksamkeit dem roten Hengst und seiner Herde galt.
Nach einiger Zeit sahen sie, daß er aufstand und den Pfad ins Tal hinunter einschlug. Pitch legte eine Hand schwer auf Steves Schulter – der Junge wußte, was er meinte: Dies war ihre Chance, zu flüchten!
»Jetzt! Komm!« flüsterte Pitch, nahm die Laterne und löschte das Licht.
Sie durchquerten schnell die Höhle. Draußen blieben sie erschrocken stehen. Der Vorplatz war übersät mit Blättern aus Pitchs Manuskript, die Kiste war umgestülpt, der in ihr verbliebene Rest der kostbaren Fundstücke lag überall verstreut.
Tom lief den Pfad hinunter. Pitch stolperte, als er Steve auf den zum Tunneleingang führenden Pfad hinaufschob. »Geh voraus, ich folge dir!« sagte er.

Steve tat, wie ihm geheißen, drehte sich aber nach zehn Schritten um und stellte zu seinem Entsetzen fest, daß Pitch ihm nicht etwa folgte, sondern damit beschäftigt war, seine Papiere zusammenzulegen. Er rannte zurück, um ihm zu helfen. Als er einen Blick auf den abwärts führenden Pfad warf, sah er Tom wieder zurückkommen. »Pitch!« schrie er gellend. Es hatte keinen Sinn mehr, die Stimme zu dämpfen...
Pitch ließ sich nicht beirren. Steve rannte zu ihm, um ihn fortzuziehen. Tom kam bedrohlich schnell näher. Er selber wäre noch imstande, den rettenden Tunnel zu erreichen, aber wie stand es um Pitch?
Sie liefen auf den aufwärtsführenden Pfad zu, Steve schob jetzt seinen Freund vor sich her. Dann bückte er sich: da lag die neunschwänzige Katze vor ihm. Er hob sie auf, kehrte um und lief zu der Stelle, wo der von unten kommende Pfad einmündete. Als Tom auftauchte, holte er aus und schlug ihm das stumpfe Ende mit aller Wucht vor die Brust. Der Riese brüllte auf vor Schmerz und Wut, schlug rücklings hin und sah hinauf zu dem über ihm stehenden Jungen. Dann schob er sich aus der Reichweite der Peitsche, erhob sich und fing in größter Eile an, die Bullenpeitsche von seinem Körper abzuwickeln.
Steve wartete, er wußte, daß die neunschwänzige Katze der langen Bullenpeitsche unterlegen war. Er hatte getan, was in seiner Kraft stand, jede Sekunde, die er Tom hier aufhalten konnte, gab Pitch eine größere Chance, die rettenden Tunnelgänge zu erreichen. Er warf einen schnellen Blick zur Seite und stellte fest, daß sein Freund weiter emporklomm, ohne gemerkt zu haben, daß Steve ihm nicht folgte. Nur noch wenige Sekunden, und Pitch war in Sicherheit!
Plötzlich barst der furchtbare Knall der Bullenpeitsche unmittelbar vor Steves Ohren. Er fiel auf den Rücken, das Leder hatte ihn an der Brust getroffen. Er brachte es fertig, wieder auf die Füße zu kommen, bevor er über den Rand des Felsens hinunterrollte. Seine ausgestreckten Hände hatten die Wucht des Aufschlags gemildert. Seine Jugend und Gewandtheit kam ihm zustatten: mit der Schnelligkeit eines Wettläufers rannte er geduckt

davon. Die Peitsche knallte über seinem Kopf, traf ihn jedoch nicht. Er erreichte den nach oben führenden Pfad und raste wie ein Wiesel aufwärts, ohne sein Tempo zu verlangsamen. Er mußte beim Laufen auf jeden Stein oder Höcker achten. Wenn er gestürzt wäre, so wäre es um ihn geschehen gewesen. Nur einmal blickte er kurz hoch, sah Pitch vor dem Tunneleingang zögern und schrie ihm zu: »Lauf! Lauf!«
Tom war so dicht hinter ihm, daß er den keuchenden Atem hörte. Die Angst trieb ihn zu noch schnellerem Lauf. Aber plötzlich hörte er einen Aufschrei hinter sich, er brauchte sich nicht umzusehen, um zu wissen, daß Tom gestürzt war. Welches Glück für ihn, so konnte er Vorsprung gewinnen! Erst beim Tunneleingang hörte er wieder Toms schwere, hastende Schritte hinter sich.
Er erkannte, daß Pitch rechts dem unterirdischen Fluß entlanglief, und holte ihn an der Stelle ein, wo dieser einen Bogen beschrieb. Vor ihnen lag tiefe Finsternis. Pitch hieß Steve, sich an seinem Gürtel festzuhalten. So rannten sie weiter, ohne einen Blick zurückzuwerfen.
Erst als sie an die erste Gabelung in dem Tunnelgewirr gelangten, blieb Pitch mühsam atmend stehen. Er zog eine Schachtel Streichhölzer aus der Tasche, machte aber kein Licht. »Wir werden hier ein Weilchen ausruhen«, sagte er. »Ich nehme zwar nicht an, daß er sich getraut, uns hierher zu folgen, aber wir müssen da ganz sicher sein.«
So standen sie dort und warteten, ob etwa ein Lichtschein auftauche, der ihnen verriete, daß ihr Verfolger sich tatsächlich nicht abschrecken ließ. Ohne Laterne würde Tom die Tunnels nie mehr betreten. Steve bezweifelte sogar, daß er sie mit einer Laterne oder Taschenlampe verfolgen würde. Pitch pflichtete ihm bei. Minuten vergingen, sie schienen recht zu behalten. Doch dann näherte sich auf einmal der gelbe Schein der Laterne, er kam um die Biegung des Flusses auf sie zu, bewegte sich langsamer und langsamer und hielt zuletzt ganz inne. Pitch packte Steve am Arm, beide warteten sprungbereit... Kam er näher? Mußten sie weiterfliehen?

Nein, er wagte es doch nicht! Tom stieß hysterische Schreie aus, sinnlose Worte, die seine bodenlose Wut verrieten. Schauerlich klang das sich fortpflanzende Echo durch die Tunnelgänge. Etwas später verstummte er, und das Licht entfernte sich.
»Komm jetzt weiter, Steve«, sagte Pitch schwach. Der Junge faßte wieder den Gürtel seines Freundes, der in den nach rechts abzweigenden Gang einbog. Sie sprachen nicht mehr und blieben nur stehen, um die Kreidezeichen zu suchen. Nicht lange und sie erreichten den großen Raum, in dem ihre Vorräte lagerten. Pitch zündete die Laterne an, ließ sich auf einem der Eisenholzstühle nieder und lehnte sich schwer gegen den Tisch. »Wir wollen uns ausruhen. Das ist alles, was wir jetzt tun können«, seufzte er.
»Tom ist verrückt, Pitch ... kein normaler Mensch könnte handeln, wie er es tut«, sagte Steve leise.
»Er ist krank«, verbesserte ihn Pitch heiser, »geisteskrank, Steve.«
»Wußtest du das? Hast du es die ganze Zeit schon gewußt?«
Pitch schüttelte den Kopf. »Nein! Es wurde zwar in den letzten Monaten immer schwerer, mit ihm umzugehen, wie ich dir erzählt habe, aber ich hielt es für Ruhelosigkeit. Niemals habe ich den Verdacht gehabt...« Er sah den Jungen aus seinen tief in die Höhlen gesunkenen Augen an. »Vielleicht hat ihn sein furchtbares Erlebnis in den Tunnels um den Verstand gebracht, Steve, ich weiß es nicht. Ich halte es für wahrscheinlich. Wir müssen sehen, daß wir nach Antago kommen, um Hilfe zu holen. Einen Arzt. Es ist die einzige Möglichkeit, uns zu retten. Und vielleicht auch ihn.«
Beide schwiegen lange. Im nackten, gelblichen Licht der Laterne schien die niederdrückende Atmosphäre des unterirdischen Raumes und ihre Furcht doppelt deutlich zu werden. Immerhin hatten sie ihre Barkasse noch nicht erreicht – die einzige Möglichkeit, Hilfe herbeizuholen ...
»Gibt es keinen anderen Weg von hier aus ins Blaue Tal, ich meine einen, der ...«
»... nicht an Tom vorbeiführt?« beendete Pitch den Satz. »Nein, Steve, es ist der einzige Weg. Es gibt keinen anderen.«

Die rote Schildwache

Eine halbe Stunde später wanderte Steve wie betäubt in dem unterirdischen Raum umher. Er starrte auf das spanische Wappenzeichen an der Wand hinter dem Tisch, aber er war sich dessen nicht bewußt, ebensowenig wie des Schimmers von blauem Himmel im Luftschacht, der wohl an die neunzig Meter durch die Felsen nach oben führte.
Er empfand Dankbarkeit für Pitch, für das Essen, das er eben hatte zu sich nehmen können, für die Vorsorglichkeit, mit der Pitch hier unten Vorräte eingelagert hatte. Vorderhand waren sie hier sicher vor Tom. Hier konnte er sie nicht mehr mißhandeln – vorausgesetzt, daß sie vorsichtig waren. Aber sie waren nach wie vor seine Gefangenen, weil die Barkasse nur durch das Blaue Tal zu erreichen war. Wäre es etwa möglich, an Tom nachts vorbeizuschlüpfen, während er schlief? Pitch plante es so; aber selbst wenn sie ganz vorsichtig und schrittweise vordrangen und ihn scharf beobachteten – würde er so fest schlafen, daß sie unbemerkt an ihm vorbeischleichen konnten? Es war ein großes Wagnis, aber hatten sie die Wahl?
Und selbst, wenn ihnen das gelang – wie würde alles enden? Was würde Tom in der Zwischenzeit tun, was würde er Feuerstrahl, der Herde antun? Würde er das Fohlen mißhandeln, vielleicht gar töten? Es würde vor Hunger schreien, würde sich so erregen, daß es sich vielleicht selbst verletzte. Doch Pitch mochte wohl recht haben: Im Notfall würde es einen oder zwei Tage ohne Nahrung überstehen können. Dann würden sie ja wieder zurück sein und Hilfe mitbringen.
Eigentlich war es Feuerstrahl, um den er am meisten bangte wenn sie die Insel verließen. Tom hatte Erfahrung, wie man auf brutale Weise ein wildes Pferd brechen kann. Und Steve wußte nur zu genau, daß der leiseste Anlaß zu einem grauenhaften Kampf zwischen Tom und dem Hengst führen konnte. Zu jeder Stunde konnten sie aneinandergeraten, in der nächsten Minute... vielleicht jetzt schon...

»Oh, Steve! Steve!«, Pitch verbarg sein Gesicht in den Händen.
Der Junge blieb wie angewurzelt stehen und starrte auf den gesenkten Kopf des Freundes nieder.
Von dem, was Pitch in die vorgehaltenen Hände hineinstammelte, brauchte Steve nur ein Wort zu verstehen, um Pitchs Entsetzen zu begreifen: die Karte! Tom hatte die Karte der Insel! Vorhin auf der Flucht hatte Pitch zwar sein Manuskript in der Eile zusammenraffen können, aber die Landkarte war liegengeblieben. Darauf war der Weg zur Barkasse eingezeichnet. Also war Tom jetzt imstande, die Insel zu verlassen, wann es ihm paßte, während sie zurückblieben und verhungerten. Er konnte jederzeit zurückkehren und ihr heimliches Paradies vernichten...
Pitch war der erste, der sich bewegte. »Wir müssen zurück«, sagte er heiser und kam schwankend auf die Füße, »und zwar sofort.«
Als sie die Flußbiegung erreichten, krochen sie auf Händen und Füßen voran. Alle paar Meter hielten sie inne, lauschten, spähten und krochen dann weiter. Als sie beim breiten Eingang zur Höhle angelangt waren, legten sie sich flach auf den Boden.
Langsam jetzt und lauschen. Auf jeden Laut aufpassen. Vielleicht waren seine Schritte draußen auf dem Pfad zu hören. Er konnte unmittelbar vor dem Eingang auf der Lauer liegen. Sich fest an den Boden pressen, aber bereit sein, zurückzurennen, falls er uns sieht. Nicht sprechen, nicht atmen. Jetzt kommen wir gleich ins Tageslicht, der Anfang des Pfades ist schon zu sehen. Nein, dort ist er nicht. Noch ein paar Schritte, und wir sind draußen im Sonnenlicht, wir können den Felsvorsprung überblicken! Aber vorsichtig: Werden wir seine Schritte trotz dem Tosen des Wasserfalls hören? Ja, ja, durchaus. Vorwärts jetzt! Wir sind draußen, jetzt müßten wir ihn sehen können. Oder ist er etwa schon zur Barkasse gegangen? Wo ist er?
Tom saß unten vor dem Lager auf einer Kiste und studierte die Karte. Demnach blieb ihnen noch Zeit! Aber wofür? Wie konnten sie ihm zuvorkommen, die Barkasse früher erreichen als er? Sollten sie sich auf ihn stürzen? Mit ihm kämpfen? Nein, nein,

seinen enormen Körperkräften waren sie beide nicht gewachsen. Sie hatten keine Chance, ihn aufzuhalten, ihnen blieb nur, ihn zu beobachten, zu warten und zu hoffen.
Inzwischen war der Riese aufgestanden und schaute zum Sumpf hinüber. Der Weg zur Barkasse war ja nun leicht zu finden für ihn, er brauchte sich nur nach der Karte zu richten, in die Pitch alle Einzelheiten sorgsam eingezeichnet hatte. Doch offensichtlich hatte er jetzt noch keine Lust dazu, er hatte die Dose mit der Trockenmilch gefunden, mischte sich ein Glas voll davon und trank in langen Zügen.
Pitch und Steve wandten kein Auge von ihm. Die Milch stillte wohl seinen Hunger für kurze Zeit, befriedigte ihn aber nicht. Sicher würde er in Kürze zur Barkasse hinübergehen, in der Hoffnung, dort mehr Eßbares zu finden, und wenn er entdeckte, daß er sich getäuscht hatte, würde er nach Antago fahren. Entweder würde er dann sogleich mit Lebensmitteln zurückkommen, oder er würde mit der Rückkehr abwarten, bis sie verhungert waren. Ihr Vorrat würde für eine Woche reichen, vielleicht ein wenig länger.
Steve hörte das schrille Wiehern des Fohlens in der »Flaschenschlucht«. Es war höchste Zeit zum Füttern, das Tier wurde ungeduldig. Steve fühlte, wie ihm Tränen in die Augen traten. Was sollte aus der hilflosen Kreatur werden?
Pitch flüsterte: »Meine einzige Hoffnung ist, daß Tom heute noch nicht zur Barkasse geht und daß wir nachts, wenn er schläft, an ihm vorbeischleichen können.«
Die Herde war inzwischen langsam auf den Teich zugewandert, am nächsten standen die Stuten mit den Saugfohlen. Einige löschten bereits ihren Durst, während andere noch am Rande des Zuckerrohrs grasten. Die Jährlinge und die nicht mehr von den Müttern abhängigen Jungfohlen waren überall verstreut, weideten hier und spielten dort ein wenig. Feuerstrahl war der Herde gefolgt, aber dann zu dem unaufhörlich klagenden Fohlen in der »Flaschenschlucht« hinübergetrabt. Dort verharrte er unentschlossen und sicher sehr erstaunt, daß Steve so lange auf sich warten ließ.

Toms Blick hatte sich dem Hengst zugewandt, er beobachtete ihn lange, ehe er sich wieder dem auf seinen Knien ausgebreiteten Plan widmete. Wiederholt schaute er zu dem Pfad hinüber, der durch den Sumpf führte, dann wieder auf die Karte. Als er sich den Weg genau eingeprägt hatte, rollte er die Karte zusammen.
Seiner Haltung und seinen Gebärden konnten die beiden Späher unschwer entnehmen, daß er überlegte, ob es geraten wäre, noch am gleichen Tag nach Antago zu fahren. Es war schon beinahe Abend; das bedeutete, daß er nachts fahren mußte. Tom war kein geübter Navigator, kein Seemann. Nachts war ihm auf hoher See nicht geheuer. Doch der Hunger mochte ihn dazu zwingen.
Ein großer Vogel erhob sich hinten aus dem Zuckerrohrdickicht in die Luft. Er schreckte eine Gruppe von Jungpferden auf, die dicht daneben geweidet hatten und nun eiligst zu ihren Müttern flüchteten. Tom hatte den Vogel natürlich ebenfalls gesehen. Er legte schnell die Karte weg, wickelte die Bullenpeitsche ab und lief rasch den Pfad hinunter, auf die Stelle zu, wo sich der Vogel niedergelassen hatte. Pitch und Steve errieten, daß er sich einen Braten holen wollte.
Sie warteten, bis Tom im Tal angelangt war, dann rannten sie hinunter auf den Felsvorsprung. Pitch warf einen traurigen Blick auf die umhergestreuten Funde, aber er hob nur die Landkarte auf, dann warfen sich beide schnell wieder flach zu Boden. Sie durften sich weder von Tom noch von Feuerstrahl sehen lassen, denn der Hengst würde sofort wiehernd herangerannt kommen, sobald er Steve erkannte. Er hatte jetzt den Eingang der »Flaschenschlucht« verlassen, war ein Stück auf die Herde zugetrabt und beobachtete Tom. Er war nur neugierig auf den Menschen, den er bisher noch nicht auf der Insel gesehen hatte. Er war durchaus nicht angriffslustig, weil ihm ja bisher nichts geschehen war.
Tom beachtete den Hengst nicht, er ging am Pfahl vorbei, den Pitch eingegraben hatte, als er die Mutter des Fohlens hatte einfangen und anbinden wollen, und steuerte zielbewußt auf die

Stelle zu, an der der Vogel in den Rohrstauden verschwunden war. Die Stuten entfernten sich bei Toms Nahen. Der bronzene Steigbügel glänzte in der Sonne am Boden, wohin ihn die Peitschenspitze am Morgen geschleudert hatte. Nicht weit davon lagen der Silberbecher und ein Hufeisen, noch ein bißchen weiter waren der Helm und der Sextant zu sehen.
Tom ging um den Teich herum auf das Zuckerrohr zu. Die Peitsche war bereit; er ließ sie am Boden hinter sich herschleifen. Wenn er zuschlug, geschah das so schnell, daß das Auge nicht zu folgen vermochte. Pitch und Steve konnten nichts unternehmen. Tom befand sich zwischen ihnen und dem Sumpf, genau dort, wo sie das Tal durchqueren mußten, um zur Barkasse zu gelangen. Sie blieben seine Gefangenen.
Das ängstliche Wiehern einer Stute unterbrach die unheimliche Stille. Es war die Braune, die ihr Zwillingsfohlen vermißte. Sie wieherte mehrmals und blickte besorgt zu den Zuckerstauden hinüber.
Steve entdeckte den Kopf der Kleinen mitten in den mehr als mannshohen Stauden. Sie antwortete ihrer Mutter und stolperte verängstigt zwischen den knackenden und brechenden Schäften auf sie zu. Immer wieder wiehernd, streckte sie den Kopf in die Höhe und näherte sich mühsam dem abgeweideten Gras am Rand des Rohrs und – Tom.
Dadurch wurde der nistende Vogel aufgescheucht und erhob sich in die Luft. Im gleichen Augenblick ertönte der Knall von Toms Peitsche. Es folgte ein Federregen, aber der Vogel war nur gestreift, nicht getroffen worden und entkam. Tom sah ihm, Verwünschungen ausstoßend, nach. Die beiden angsterfüllten Beobachter spürten förmlich die Welle von Wut und Erbitterung, die den Riesen übermannte. Um ein Haar hätte er seine Beute erwischt gehabt!
Das Fohlen war beim Knall der Peitsche entsetzt stehengeblieben und verharrte einen Augenblick zitternd und unsicher. Die Mutter wieherte schrill, das Fohlen faßte Mut und rannte ihr entgegen – um einen Sekundenbruchteil zu spät. Steve preßte die Hände vor den Mund, um seinen Schrei zu ersticken: die Peit-

sche knallte erneut, und zugleich ertönte Toms Zorngebrüll. Die Peitsche traf das Stütchen am Hinterschenkel. Aufschreiend, verstört, stürzte die Kleine vorwärts. Tom raste hinterher und jagte sie um den Teich herum und zurück.
Die ganze Herde geriet in Bewegung. Stuten und Fohlen rannten kopflos herum, wieherten, stießen in der Hast zusammen. Aber das Geräusch der vielen Hufe wurde noch übertönt von Feuerstrahls schrillem Wiehern. Tom wandte sich um, Pitch und Steve schauten wie gebannt hinunter. Sie sahen den Hengst heranstürmen, um Tom anzugreifen. Steves Finger krallten sich in den Arm seines Freundes: das Schlimmste, was er befürchtet hatte, wurde Wirklichkeit!
Tom rannte keineswegs fort, er drehte nur den Kopf ein wenig, um die Entfernung besser abschätzen zu können. Wenn er geflüchtet wäre, hätte er die Felswand noch vor dem Hengst erreichen können. Er war noch etwa neun Meter von ihm entfernt. Doch nein, er war noch nie vor einem Pferd geflüchtet, überhaupt vor keinem Tier. Er fürchtete sich nicht. Im Gegenteil, er war angenehm erregt und stellte sich dem heranstürmenden Hengst. Das lange Leder der Peitsche schlängelte sich hinter ihm, bereitgehalten, um im rechten Augenblick vorzuschnellen. Er stellte sich breitbeinig auf, die Augen zu schmalen Schlitzen zusammengekniffen. Das Pferd sammelte sich für den schnellen Sprung, mit dem es sich auf den Riesen werfen wollte. Toms Gelenk spannte sich, und seine Finger preßten sich fest um das Leder des Peitschengriffs.
Feuerstrahl hielt mit entblößtem Gebiß vier Meter vor seinem Gegner an, genau, wie es Tom vorausberechnet hatte. Er beobachtete, wie sich der Hengst wild schnaubend zu seiner vollen Höhe aufbäumte. Im gleichen Moment trat Tom schnell zwei Schritte zurück, und die Peitsche knallte. Ihr messerscharfes Ende traf den Rumpf Feuerstrahls. Er schrie auf vor Schmerz. Tom ließ die Peitsche zum zweiten Mal auf ihn niedersausen, diesmal traf er Feuerstrahl am Hals.
Toms Gesicht war verzerrt vor irrem Entzücken: Hier hatte er endlich ein Pferd vor sich, bei dem es sich lohnte, seine Bären-

kräfte und seine Geschicklichkeit einzusetzen! Er zog das lange Leder zurück, das er unachtsamerweise Feuerstrahls Hals hatte umwickeln lassen. Da warf das Pferd plötzlich den Kopf so ungestüm in die Höhe, daß Tom der Griff der Peitsche entglitt. Er bückte sich schnell vor, um sie wieder zu packen, aber es war zu spät...
Wutentbrannt bäumte sich der Hengst wieder hoch auf, um beim Niederkommen seinen Gegner zu zermalmen. Zum erstenmal in seinem Leben lernte Tom, was es bedeutete, sich vor einem Tier zu fürchten. Der sichere Tod war über ihm! Er schleuderte sich vor den niederdonnernden Vorderhufen zur Seite, wurde nur an der Schulter gestreift, stürzte zu Boden, wälzte und rollte sich seitwärts, bis er den Steinboden des Pfades unter seinen zitternden Händen fühlte. Sein Gesicht war schneeweiß und schreckerstarrt. Er taumelte den Pfad hinauf, von der Angst gejagt, die furchtbaren Hufe würden ihm das Rückgrat brechen. Erst weiter oben wurde ihm bewußt, daß der Pfad zu steil und zu schmal war, als daß der Hengst ihm hätte folgen können. Als er endlich wagte, sich umzudrehen, sah er, daß Feuerstrahl auf dem langen Leder der Bullenpeitsche herumstampfte.
Langsam gewann der Riese seine Fassung wieder. »Dich breche ich schon noch!« schrie er hysterisch hinunter, immer wieder. Er vergaß einen Augenblick vollkommen, wie hungrig er war, während er in der Vorstellung schwelgte, wie er sich dieses ungebändigte Pferd untertan machen würde.

Herausgefordert

Pitch und Steve hatten den Felsvorsprung sofort verlassen, als sie Tom auf den Pfad zusteuern sahen. Er hatte sie nicht bemerkt, denn er war zu sehr erregt, um irgend etwas wahrzunehmen. Die beiden standen jetzt wieder fluchtbereit in der breiten Öffnung oberhalb des Wasserfalls und atmeten mühsam vom raschen Klettern.

»Feuerstrahl hätte ihn um Haaresbreite getötet!« flüsterte Steve. »Dann wäre alles vorbei gewesen.«
Der Ältere blickte lange in Steves fahles Gesicht. »So dürfen wir nicht denken. Er ist doch krank! Wir dürfen nur überlegen, wie wir Hilfe holen können.«
»Aber er hätte uns totgeschlagen, Pitch! Daran ist nicht zu zweifeln.«
Darauf gab es keine Antwort.
Sie legten sich wieder auf den Bauch und krochen so weit vor, daß sie beobachten konnten, was Tom tat. Sie mußten in den Tunnel flüchten, falls er Anstalten machte, ihnen nachzusteigen. Pitch spähte hinunter, Steve blieb hinter ihm in Deckung. Es genügte, wenn einer Ausschau hielt.
Tom ließ den Hengst nicht aus den Augen. Von Zeit zu Zeit schrie er eine Verwünschung zu ihm hinunter. Als Feuerstrahl schließlich zu seiner Herde zurücktrabte, suchte Tom nach der Landkarte. Als er sie nicht fand, blickte er zum Tunnel empor.
Pitch preßte sich noch enger an den Felsen. Es war unwahrscheinlich, daß Tom ihn sehen konnte, aber Pitch war seiner Sache nicht ganz sicher. Es war nicht nötig, den Kopf zu heben. Seine Ohren würden ihm sofort verraten, falls Tom auf den Pfad zukam. Gleich bei den ersten Schritten würden er und der Junge wieder flüchten.
Aber kein Schritt war zu hören, nur Toms nun wieder unheimlich sanfte Stimme. »Versteckt euch, wie ihr wollt! Ich weiß ganz genau, daß ihr dort oben seid! Euch nachzulaufen habe ich aber nicht mehr nötig. Ihr seid gezwungen, zu mir zu kommen! Und dann werden wir miteinander reden!«
Pitch fühlte, wie Steves Hand sein Bein umklammerte, um ihn zurückzuziehen. »Weg! Er kommt. Er weiß, daß wir hier sind.«
Doch es war kein Schritt zu hören.
Steve zog seinen Freund in den Tunneleingang. »Glaube ihm nicht! Er will nicht mit dir sprechen, er will . . .«
Toms Stimme meldete sich wieder, noch immer ruhig, aber diesmal klang sein Haß deutlich mit: »Die Karte brauche ich nicht mehr. Ich finde eure Barkasse auch ohne sie!«

Sie hörten kaum auf seine Worte, sondern warteten nur fluchtbereit auf seine Schritte.
»Es ist besser, ihr kommt herunter. Ihr müßt es ja sowieso. Zu eurem Boot führt der Weg an mir vorbei. Sonst wärt ihr beide längst weg! Hört ihr? Ihr wißt doch, was geschieht!«
Hohngelächter tönte zu ihnen herauf, anfangs leise, fast wie ein Kichern, dann lauter und lauter, das Lachen eines Wahnsinnigen: »Ich frage nicht noch einmal. Ihr werdet gut daran tun, herunterzukommen.«
Lange Zeit hörte man nichts als das Dröhnen des Wasserfalls. Kein Wort, keinen Schritt. Beide waren schweißgebadet, und die Muskeln taten ihnen weh von der langen Anspannung.
»Ihr habt die Gelegenheit verpaßt! Das werdet ihr noch bitter bereuen. Jetzt lasse ich euch hier verkommen! Morgen früh hole ich eure Barkasse. Ich fahre nach Hause. Und wißt ihr was? Ich bleibe lange weg, sehr lange! Bis es sicher ist, daß ihr nicht mehr lebt! Daß ihr verhungert seid, wie ich hätte verhungern sollen... Es ist zu spät, Brüderlein! Du hättest an den Jungen denken sollen. So jung und schon sterben! Du hättest an ihn denken sollen!«
Pitch verharrte bewegungslos, aber sein Gesicht war geisterhaft bleich. »Hör bloß nicht auf ihn!« beschwor ihn Steve. »Wir wissen, daß er uns doch keine Chance gibt! Heute nacht werden wir an ihm vorbeischleichen!«
Sie blieben, wo sie waren. Tom konnte ja schließlich nur vermuten, daß sie sich dort aufhielten, aber gesehen hatte er sie nicht. Sie wollten nicht zum Vorratsraum zurückgehen, sondern auf dem Posten bleiben, Tom beobachten, sich nicht die geringste Möglichkeit entgehen lassen, um während der Nacht ungesehen an ihm vorbeizukommen.
Gegen Abend krochen sie ab und zu mit aller Vorsicht etwas vor, um festzustellen, was Tom machte. Einmal beobachteten sie, wie er ins Tal ging, um die Bullenpeitsche zu holen. Den Rest des Tages verbrachte er damit, die Bewegungen der Herde und des Hengstes zu verfolgen. Feuerstrahl kam mehrmals herüber, um nach dem unaufhörlich wiehernden Fohlen zu schauen. Tom

hatte das junge Pferd in der »Flaschenschlucht« selbstverständlich längst in Augenschein genommen und sah auch oft hinüber, wenn es gar zu kläglich schrie. Einmal hatte er sich sogar schon auf den Weg dorthin gemacht, doch zog er sich schleunigst zurück, als er den roten Hengst nahen sah. Seither saß er, offenbar einen Plan ausheckend, auf dem Felsvorsprung. Sein Blick wanderte oft vom Hengst zu jenem Pfahl, den Pitch seinerzeit unweit des Teiches eingegraben hatte.
Als die Sonne zu sinken begann, fielen die Schatten schnell über das Tal, je tiefer sie hinter den Felswänden verschwand. Bald würde es Nacht sein, und dann bot sich den beiden vielleicht eine Fluchtchance.
»Irgendwann wird er ja einmal schlafen müssen«, flüsterte Pitch, »wir werden abwechselnd Wache halten. Ich beginne und wecke dich, sobald ich schläfrig werde.«
»Ich bin nicht müde«, sagte Steve, »und kann mir auch nicht vorstellen, daß ich es sein werde.«
»Warte nur, in ein paar Stunden werden dir die Augen schon zufallen.«
Nun lag das Tal völlig im Dunkeln. Selbst die Sterne schienen geringer an Zahl zu sein und weiter entfernt als gewöhnlich, als ob sie das Ihre dazu beitragen wollten, Pitch und Steve unbemerkt an Tom vorbeizulassen. Doch das gelbe Licht der Lampe, die Tom angezündet und auf eine Kiste außerhalb der Höhle gestellt hatte, beleuchtete den Vorplatz so hell, als wäre es Tag.
Sie beobachteten, wie der Riese alle umherliegenden leeren Dosen sammelte und die darin verbliebenen Reste in einen Topf mit heißem Wasser kratzte, den er auf dem Herd stehen hatte. Er kochte den Sud auf, ließ ihn erkalten und trank ihn dann in großen Schlucken aus. Den leeren Kochtopf warf er gegen die Felswand. Dann lief er pausenlos auf und ab, seine Schritte verrieten, wie wütend und hungrig er war. Häufig blickte er zu den beiden hinauf, konnte sie aber in der Dunkelheit nicht sehen.
Das Fohlen hatte immer wieder gewiehert, doch Steve hatte ja keine Möglichkeit, ihm zu helfen. Auch der Hengst lief einmal übers andere zur »Flaschenschlucht«, aber seine Besuche hatten

nur ein noch flehentlicheres Hungergeschrei des Fohlens zur Folge. Feuerstrahl war nicht mehr zu sehen, seit es dunkel geworden war, aber Steve hörte seine Hufschläge.
»Feuerstrahl wird Tom daran hindern, zur Barkasse zu gehen«, sagte Steve grimmig.
»Das bezweifle ich! Tom weiß mit Wildpferden umzugehen, er kennt alle Tricks. Nein, unsere einzige Chance ist, uns in der Nacht an ihm vorbeizustehlen. Versuche doch nur endlich ein bißchen zu schlafen, Junge! Ich halte Wache, und wenn du ein wenig ausgeruht bist, löst du mich ab!«
Die Stunden schlichen dahin, aber Steve konnte nicht einschlafen. Von unten drang der helle Lichtschein herauf, und das Schreien des Fohlens zerriß ihm das Herz. Wie hätte er da Ruhe finden können! Er hatte das Gefühl, daß niemand in dieser Nacht ein Auge schloß. Auch Tom nicht. Sie konnten nur hoffen, daß der Riese trotzdem vom Schlaf übermannt werde...
Die Zeit verstrich mit qualvoller Langsamkeit. Pitch und Steve wechselten sich ab. Einer hielt Wache, während der andere zu schlafen versuchte. War inzwischen der Morgen im Anzug? Es schien so, denn jetzt war das Geschrei des Fohlens verstummt, wahrscheinlich vor Schwäche, und auch von Feuerstrahl und der Herde kam kein Laut. Nur das Licht brannte noch. Und Tom war wach geblieben, er war wohl so gut wie sicher, daß die beiden oben auf die Gelegenheit lauerten, sich an ihm vorbeizustehlen. Es gab ja keinen anderen Weg zu ihrem Schiff. Er hatte sich in einem Schlafsack quer vor den Ausgang des Pfades gelegt. Waren seine Augen offen? Wann würden sie den Versuch machen, an ihm vorüberzugehen, Wie lange sollten sie noch warten? Steve lag da und wartete auf Pitchs Zeichen zum Aufbruch. Und endlich kam es. Nach einem Blick auf die Leuchtziffern seiner Armbanduhr berührte er den Jungen am Arm und legte ihm einen Finger vor die Lippen, zum Schweigen mahnend. Mit äußerster Vorsicht hoben sie sich auf die Knie und krochen auf allen vieren bis zum Eingang, geräuschlos standen sie dann auf und schlichen Schritt vor Schritt nach unten, vor jedem Auftreten mit der Fußspitze tastend, ob sie nicht etwa auf einen losen Stein

traten, der sie durch sein Herabkollern verraten konnte.
Näher und näher kamen sie der bewegungslosen Gestalt am Fuß des Weges. Nicht atmen, nicht ausgleiten! Keinen Schritt, ehe du sicher bist! Jetzt können es nur noch wenige Meter sein. Vorsichtig, vorsichtig! Sein Atem geht regelmäßig, seine Augen sind geschlossen. Sind wir sicher? Es ist unbeschreiblich, entsetzlich. Schläft er wirklich? Lauert er uns auf? Noch einen Schritt, noch einen. Pitch, Pitch – warum bleibst du stehen? Geh doch weiter, er schläft ja! Noch einen Schritt und wir stehen im Lichtschein der Laterne. Noch einen... noch einen. Gleich sind wir an ihm vorbei...
Eine Riesenhand wie eine Klaue lag auf dem Boden, Pitch und Steve starrten sie wie gebannt an. Die Handfläche war nach oben gekehrt, im gelben Licht sah man, wie hart, schwielig und gefurcht sie war, und die an den Enden gekrümmten Finger – bewegten sich! Ganz wenig, aber sie bewegten sich! Tom war wach und wartete auf sie!
Sie fuhren entsetzt zurück, als sich die Klauenhand nach ihnen ausstreckte, dann rannten sie den Pfad wie gehetzt in den Tunnel. Tom kam nicht hintennach, nur sein irres, hysterisches Gelächter verfolgte sie. Sie hörten es noch, als sie schon weit im Tunnel in Sicherheit vor ihm waren. In Sicherheit? Mit Sicherheit dem Verhungern preisgegeben, in weniger als zwei Wochen.

Die Morgendämmerung fand sie an der Biegung des Flusses, sie starrten im grauen Dämmerlicht hinunter auf den Wasserfall. Obwohl sie seit dem vorangegangenen Nachmittag nichts mehr gegessen hatten, empfanden sie keinen Hunger. Nachdem jede Hoffnung, fliehen zu können, geschwunden war, empfanden sie nur noch Furcht. Ihre Augen waren glasig, sie wußten vor Verzweiflung nicht mehr aus noch ein.
Steve sah zu seinem Freund hinüber; er versuchte Trost darin zu finden, daß dessen Gesicht inzwischen abgeschwollen war und die aufgeplatzten Lippen zu heilen begannen. Gleich darauf fiel ihm ein, daß es seltsam war, in dieser Lage, in der doch wahrhaftig dergleichen nicht mehr zählte, auf einen solchen Gedanken

zu kommen.
Von draußen hörten sie Feuerstrahls herrisches Wiehern, dann Hufschläge. Als diese verklungen waren, tönten Toms Rufe und hysterische Schreie unten aus dem Tal zu ihnen herauf. Sie konnten nicht verstehen, was er schrie.
Vorsichtig krochen sie an den Rand, um hinuntersehen zu können. Feuerstrahl stand am Fuß des Pfades, der vom Lager ins Tal führte; nur seine Nüstern bebten. Sonst stand sein Körper wie erstarrt, und im kalten Licht der Morgendämmerung wirkte sein flammend rotes Fell wie gefrorenes Feuer. Seine Augen starrten auf Tom, der den Pfad hinaufkletterte.
»Tom hat versucht, durch das Tal zu gehen, aber der Hengst hat ihn nicht vorbeigelassen«, sagte Steve. »Ganz, wie ich es dir vorausgesagt habe.«
Der Riese war wieder oben angelangt, blieb dort stehen, und sein Körper schwang auf eine merkwürdige Weise vor und zurück, vor und zurück. Er hob eine Hand zu seinem Hals, dann zu den Augen, die er mit seinen Fingern preßte, als wollte er sie aus ihren Höhlen graben.
Feuerstrahl schrie wieder, und der schrille Laut schien für immer die kleinste Aussicht, wieder zu Verstand zu kommen, in Tom zu ersticken. Der Augenblick war vorbei, wo er offenbar um Klarheit in seinem Gehirn gekämpft hatte. Er schrie dem Hengst eine Antwort zu, seine Stimme überschlug sich dabei vor Wut. Er stürmte den Pfad hinunter, gestikulierte dabei wild mit den Händen, lachte, schrie, brüllte ohne Pause, verfiel von einem ins andere, vollkommen von Sinnen.
Er tobte noch immer, als Feuerstrahl schon längst zu seiner Herde zurückgetrabt war. Dann schaute er auf und sah seinen Stiefbruder und den Jungen unbeweglich, mit entsetzten Augen auf ihn hinabstarrend, oberhalb des Felsvorsprungs stehen...
Pitchs Hand legte sich auf Steves Arm, aber keiner von ihnen dachte jetzt mehr daran wegzulaufen. Sie starrten mitleidig auf der Irren, ohne zu wissen, wie sie ihm wohl helfen könnten.
Er stierte noch eine Weile wortlos nach oben, bis das Fohlen wieder zu wiehern begann. Da wandte er sich ab und richtete seine

Augen auf die »Flaschenschlucht«. Lange sah er auf das kleine Pferd hinter dem Tor, dann richtete er seine Aufmerksamkeit auf den Hengst und die Herde, die etwa anderthalb Kilometer weiter oben im Tal weideten.
Schließlich sah er wieder in die Höhe. Seine Lippen bewegten sich zuerst wortlos, dann rief er mit tiefer Grabesstimme: »Kommt runter, sonst hole ich euer Fohlen und...« Wieder bewegten sich seine Lippen krampfhaft, ohne Laute hervorzubringen.
Sie brauchten den Rest gar nicht zu hören, es war ohnedies klar, was er vorhatte: Er drohte ihnen, dem Fohlen etwas anzutun, falls sie nicht herunterkamen.
Sie sahen ihn stehenbleiben, wieder mit eigentümlich hin- und herschwankendem Oberkörper, dann wanderten seine Augen von ihnen fort, erst zum Fohlen, dann wieder zu dem Hengst und seiner Herde.
Als Tom endlich die Peitsche von seinen Hüften abwickelte und zwei zusammengewickelte Seile nahm, die er auf dem Lagerplatz gefunden hatte, wußten Pitch und Steve, daß er seine Drohung ausführen würde. Ihnen blieb nichts, als mit vor Entsetzen geweiteten Augen zuzuschauen.
Tom ging zu dem von Pitch eingegrabenen Pfahl, befestigte das Ende des einen Seils daran und legte sich das zweite Seil griffbereit zurecht. Seine Schritte waren schnell und sicher, sie verrieten nichts von seiner Geistesverwirrung. Es wirkte, als betrete er jetzt vertrauten Boden und habe alle Furcht verloren. Dabei schaute er jedoch ständig wachsam zu Feuerstrahl und seiner Herde hinüber.
Dann sahen sie ihn vorsichtig und verstohlen zur »Flaschenschlucht« gehen. An Steve schienen nur noch die Augen lebendig zu sein – daß Pitch den Arm um ihn gelegt hatte, fühlte er nicht. Er war sich gar nicht bewußt, daß er den Pfad hinunter ins Tal geführt wurde, immer nur wenige Schritte auf einmal. Er bewegte sich wie in einem Trancezustand. Daß sein Freund immerzu wiederholte, sie müßten das Tal erreichen und in der andern Richtung davonlaufen, während Tom mit dem Fohlen be-

schäftigt sei, hörte er nicht. »Sowie er am Eingang zur ›Flaschenschlucht‹ angelangt ist, müssen wir laufen«, sagte Pitch, »er glaubt nämlich, er könne wieder zurücksein, bevor wir unten angelangt sind. Aber die Entfernung ist für ihn zu weit. Wenn wir tüchtig laufen, sind wir viel vor ihm auf dem Pfad durch den Sumpf.«
Der Junge stand wie erfroren still, als Pitch anhielt, um den richtigen Augenblick abzupassen. Pitch fühlte, wie krampfhaft steif Steves Körper war, er hatte ihn offenbar nicht verstanden. So würde er auch nicht dazu zu bewegen sein, mit ihm davonzulaufen. Und Tom stand nur noch wenige Meter von der »Flaschenschlucht« entfernt! Noch einige Augenblicke – dann konnten sie es riskieren...
Pitch zitterte am ganzen Körper. Tom trat eben ans Gatter, schob die obere Stange herunter, dann die zweite. Das Fohlen lief heraus, Tom griff nach dem Halfter. »Jetzt, Steve!« Pitch setzte sich in Bewegung – erstarrte. Tom hatte sich umgedreht! Er kam zurückgerannt wie ein Rasender!
Ein verzweifelter Jammerton entrang sich Pitchs Kehle. Einen Augenblick lang war er unfähig, etwas zu tun. Er starrte gebannt auf den irren Riesen, der auf sie zugeschossen kam. Plötzlich kam wieder Leben in Pitch, er stieß Steve vor sich her, dem Tunneleingang zu. In diesem Moment ertönte der schrille, herrische Trompetenton Feuerstrahls, und jetzt wurde ihm klar, weshalb Tom umgekehrt war. Hätte der Hengst ihnen doch bloß ein paar Minuten mehr Zeit gelassen! Steve trottete langsam, wie gelähmt vor ihm her. Pitch drängte ihn mit nervös zitternden Händen vorwärts und sah sich nach Tom um.
Doch Tom kam keineswegs den Pfad heraufgerannt, sondern lief auf den Pfahl zu – er hatte vor, den Kampf mit dem Hengst aufzunehmen! In der Linken hielt er das zusammengerollte Seil, in der Rechten die Bullenpeitsche und brüllte aus voller Lunge: »Nun komm, du Prachthengst! Komm!«
Feuerstrahl sprengte auf ihn zu.

Der Kampf

Feuerstrahls Hufe berührten kaum den Boden, als er immer näher heranpreschte. Seine kleinen Ohren waren nach vorn gespitzt, und seine Augen schienen Feuer zu sprühen. Als er seinen Widersacher weniger als hundert Meter vor sich sah, legte er die Ohren flach zurück, ein Zeichen höchsten Zorns.
Tom trat hinter den Pfahl und hielt die Peitsche schlagbereit in der Hand – er war zum Empfang gerüstet!
Pitch sagte: »Er wird ihn mit der Peitsche von sich abhalten.«
Steve schüttelte den Kopf. »Es wird ihm nicht gelingen. Er wird getötet – zerstampft!«
Als Feuerstrahl noch ungefähr fünfzig Meter von dem Pfahl entfernt war, fing das lange Leder der Peitsche an zu tanzen. Tom holte zum Schlage aus. Von ihrem Versteck aus konnten Pitch und Steve nicht sehen, wie sie durch die Luft sauste, aber sie hörten den Knall wie einen Pistolenschuß.
Der Hengst mäßigte sein Tempo ein wenig, aber er ließ sich nicht zurückschrecken, auch nicht als jetzt ein Peitschenknall nach dem anderen ertönte und die Luft erschütterte. Mit weit aufgerissenen Nüstern und entblößtem Gebiß sprengte er auf den Feind los und wieherte laut auf, als er noch fünfzehn Meter von ihm entfernt war... zehn Meter... nun befand er sich in Reichweite der Peitsche... das Leder traf ihn schmerzhaft an der Brust. Er blieb abrupt stehen und schlug zornig mit den Vorderhufen in die Luft.
Steve schloß die Augen und flehte stumm: »Lauf, Feuerstrahl. Lauf, bleib nicht stehen!«
Der Hengst bäumte sich jedoch hoch auf und versuchte das lange, schlangenähnliche Ding, das nach ihm schlug, mit den Hufen fortzustoßen. Wiederum traf ihn die Peitsche, diesmal am Bauch. Er schrie auf vor Zorn und Schmerz, stampfte den Boden, stieg wieder, und unaufhörlich traf ihn die erbarmungslose Peitsche. Eine Sekunde lang stand der Hengst unentschlossen, wie er sich wehren sollte. Seine blutunterlaufenen Augen hefte-

ten sich auf den nur wenige Meter vor ihm stehenden Mann.
»Feuerstrahl! Renn! Lauf fort!« schrie Steve, als er sein Pferd stillstehen sah.
Tom hatte auf diesen Moment gewartet, er warf das am Pfahl befestigte Lasso, und die Schlinge glitt über Feuerstrahls Kopf hinunter um seinen Hals. Der Hengst stürzte jetzt pfeilgerade auf den Mann zu, laut aufschreiend vor Haß und Wut.
Der Riese ließ die Peitsche tanzen, aber der Hengst schoß auf ihn zu und war ihm nun schon zu nahe, als daß er die Lassoschlinge noch hätte zuziehen können. Toms Augen weiteten sich vor Furcht, als Feuerstrahls Hufe seinen Körper zu treffen suchten. Er duckte sich hinter dem Pfahl und vermochte den schlagenden Hufen immer wieder um Haaresbreite zu entgehen. Jetzt schlug er mit dem eisenharten Ledergriff der Peitsche auf das Maul des rasenden Pferdes, wieder und wieder. Er kämpfte ums nackte Leben. Er konnte sich nur noch retten, wenn der Pfahl zwischen ihm und dem Hengst stand, und mußte sich hin und her wenden, um den tödlichen Hufschlägen zu entgehen. Immer wieder schlug er erbarmungslos mit dem Peitschengriff zu, sobald der Hengst mit entblößtem Gebiß nach ihm schnappte.
Irgendwann mußte der Augenblick kommen, wo Tom begriff, daß er sich den Hengst nicht länger vom Leibe halten konnte. Er umkreiste immer noch den Pfahl und drosch dem Hengst aufs Maul, die vor Angst irren Augen behext auf den rasenden Dämon gerichtet, der nicht müde wurde, nach ihm zu schlagen. Früher oder später mußte ihn aber einer der schweren Hufe treffen. Und das war das Ende.
Plötzlich prallte Feuerstrahl mit der Schulter gegen den Pfahl und verlor einen Augenblick lang das Gleichgewicht. Tom reagierte blitzschnell, bückte sich, bekam das Ende des Seils zu fassen, das sich um die Hinterbeine des Pferdes geschlungen hatte, und zog daran. Feuerstrahl strauchelte und stürzte zu Boden.
Blitzschnell wandte sich Tom um und rannte. Er hörte donnernde Hufschläge hinter sich – der Hengst war wieder auf die Beine gekommen und folgte ihm –, aber zehn, zwölf Meter weiter weg war er in Sicherheit, denn das Seil, das den Hengst an

den Pfahl fesselte, reichte nicht weiter.
Steve sah, wie zwischen dem Pfosten und dem Pferd sich das Seil spannte, straffte – und dann schlug Feuerstrahl mit voller Wucht auf den Boden. In Gedankenschnelle riß er sich wieder hoch und hieb tobend auf das Seil.
Aus sicherer Entfernung drehte sich Tom um. Zur Raserei gesteigerter Haß stand in seinen Augen zu lesen. Einen Augenblick lang verharrte er reglos, starrte auf das Pferd und atmete keuchend. Dann begann er zu schreien, riß seine Peitsche zurück und schlug auf das ermüdende Pferd ein. Wieder warfen die Felswände das schauerliche Knallen hinüber und herüber wie einen höllischen Gesang.
Der rote Hengst bäumte sich einmal, zweimal auf, um sich auf den Mann zu stürzen, der da vor ihm stand und das grausame Leder unaufhörlich auf ihn niedersausen ließ. Jedesmal, wenn er sich aufbäumte, drohte ihn die Schlinge um seinen Hals zu erwürgen. Er warf sich nicht mehr vor, stieg nur noch und schlug mit den Hufen in die Luft.
Als die entsetzlichen Peitschenhiebe nicht aufhörten, versuchte er ihnen auszuweichen, indem er den Pfahl umkreiste. Der Mann folgte ihm mit Triumphgebrüll, denn jetzt hatte er den Hengst in der Falle: auf der Flucht vor der Peitsche wickelte er seine Fessel immer enger um den Pfahl!
Steve sah dem schrecklichen Schauspiel machtlos zu. Er war nicht mehr imstande sich zu bewegen, auch sein Denken setzte aus. Außer seinen Augen war nichts mehr an ihm lebendig.
Immer kleiner wurde der Spielraum, in dem sich der Hengst um den Pfahl bewegen konnte. Plötzlich, als hätte er erkannt, was vorging, blieb er stehen und hob sich noch einmal zu seiner vollen Größe, um sich mit einem riesigen Sprung aus der Reichweite der Peitsche zu retten; aber nun zog sich die Schlinge um seinen Hals zu und drohte ihn zu erwürgen. Er schlug wieder hin, die Bullenpeitsche hieb erbarmungslos auf sein zerschundenes Fell ein. Wieder und wieder versuchte Feuerstrahl sich zu befreien, und jedesmal ging er jammervoll nach Luft ringend zu Boden, das Leder peitschte auf den schaumbedeckten Pferdekör-

per...
Schließlich versagte ihm die Kraft, er blieb zitternd stehen. Tom trieb ihn mit der Peitsche von neuem um den Pfahl herum, mehr war nun nicht mehr nötig, um Feuerstrahl vollends wehrlos zu machen. Der Kopf des Pferdes war schließlich so dicht an den Pfahl gefesselt, daß Tom mit hämischem Siegerlächeln das zweite Seil aufnahm, eine Schlinge knüpfte, sie auf den Boden warf und abwartete, bis Feuerstrahl hineintrat. Dann zog er die Schlinge blitzschnell fest um sein rechtes Hinterbein. Jetzt hatte Tom nichts mehr zu fürchten, er ging vor und schlang das andere Ende des Seils um den Kopf des Hengstes, zog mit aller Kraft und befestigte das Marterinstrument um den Hals seines Gefangenen, der jetzt unbeweglich und hilflos auf drei Beinen stehend verharrte.
Tom packte eines der empfindlichen kleinen Ohren, kniff, drehte und zerrte daran herum, bis Feuerstrahl den Kopf stöhnend vor Schmerzen an die Erde preßte. »Haha! Das kannst du nicht ertragen, wie? Kein Pferd kann es! Du hast keinen Grünschnabel vor dir! Ich werde mit deinesgleichen leicht fertig!« Tom wickelte das Seil vom Pfahl ab, schob es gewaltsam zwischen Feuerstrahls Zähne, die vergeblich zuzubeißen versuchten, und schlang es um den Unterkiefer. Dann legte er es um den Kopf und wand es mit einer Schlinge um den Oberkiefer. »Das ist ein Zaum, den du dein Leben lang nicht wieder vergessen wirst. Der zieht dir deine Oberlippe zusammen und das Zahnfleisch. Es ist nicht auszuhalten, hahaha!« Bei diesen Worten gab er dem Seil einen Ruck, um dem Pferd zu zeigen, wieviel mehr es noch schmerzen konnte, dann legte er einen Arm um Feuerstrahls Genick, und im nächsten Augenblick hatte er sich auf seinen Rücken geschwungen. Feuerstrahl stand wehrlos und zitternd auf drei Beinen.
Pitch schüttelte Steve, der vor Schmerz versteinert zu sein und nichts zu merken schien.
Tom löste jetzt das Seil, das Feuerstrahls Kopf an sein linkes Hinterbein fesselte. Pitch hatte schon mehrmals zusehen müssen, wenn sein Stiefbruder ein Pferd auf diese Weise brach, er wußte, daß er ihm jetzt das Seil abnehmen würde, nur der heimtücki-

sche Zaum blieb, wo er war.
Feuerstrahl konnte sein viertes Bein wieder auf den Boden stellen, aber er versuchte nicht zu gehen. Das herrliche Pferd war an Körper und Geist gebrochen, so vollkommen wie Pitch und Steve selbst. Feuerstrahl war wehrlos gemacht. Tom hatte gesiegt! Pitch schloß die Augen. Er mochte die Erniedrigung dieses königlichen Tieres nicht mehr mitansehen, das eben noch so stolz, so edel gekämpft hatte.
Plötzlich schrie Tom gellend auf – nicht vor Wut, sondern vor Angst. Der Hengst bäumte sich, Tom klammerte sich an seinen Hals! Feuerstrahl war nicht geschlagen!
Tom grub seine Finger wie Klauen in das verschwitzte Fell, er konnte den teuflischen Zügel nicht anziehen, weil er fürchten mußte, daß sich der Hengst dann hintenüberfallen ließ und ihn unter seinem gewaltigen Gewicht erdrückte. Er versuchte, sich heruntergleiten zu lassen. Sobald er auf dem Boden stand und den Zügel fassen konnte, würde er das Pferd wieder ganz in seiner Gewalt haben. Er zog seine langen Beine an. Sobald der Hengst mit den Vorderhufen auf den Boden schlug, wollte er abspringen. Aber plötzlich warf der Hengst den Kopf zurück. Nur noch mit dem einen Gedanken im Kopf, auf den Boden zu gelangen, bevor der Hengst ihn unter sich begrub, ließ Tom den Zügel los und warf sich seitlich herunter. Er schlug mit dem Kopf hart auf den Boden auf. Ihm wurde schwarz vor den Augen, alles verschwamm. Er mühte sich krampfhaft, bei Bewußtsein zu bleiben, jeden Augenblick gewärtig, von den Hufen zu Tode getrampelt zu werden. Aber nichts geschah...
Als er die Augen wieder öffnete, sah er, daß der rote Hengst sich entfernte. Hängenden Kopfes ging er mit dem nachschleifenden Ende des ihm als Zügel um den Kopf geknüpften Seils an der Felswand entlang.
Toms Angst schlug wieder in Wut um. Er rappelte sich auf, griff nach der Bullenpeitsche und folgte dem Hengst. Körperlich hatte er dieses Pferd geschlagen. Es strebte von ihm fort, aber sein Geist schien ungebrochen. Tom begann hinter ihm herzurennen und preßte seine Fingernägel fest in den Griff der Peitsche.

Abrechnung

Pitchs Arm schlang sich fester um Steves Hüfte. »Jetzt«, flüsterte er hastig, »jetzt können wir fliehen! Er hat uns vergessen, er denkt nur noch...«
Der Junge war völlig benommen, aber Pitch schob ihn Schritt vor Schritt vorwärts. Steves Augen folgten Feuerstrahl und Tom.
»Der Hengst ist geschlagen, Steve! Hörst du mich überhaupt? Wir können ihm nicht mehr helfen! Schneller, Steve! Bitte, sei vernünftig!«
Mit jedem Schritt kamen sie dem Ende des Pfades und damit dem Tal und der Möglichkeit, zu entfliehen, näher. Aber Steve hatte für nichts Augen als für Feuerstrahl und Tom.
Der Hengst lief in unendlich müdem Trab auf das Ende des Blauen Tals zu. Von seinem Kopf hing das Seil seines grausamen Zügels herab, er machte keinen Versuch, sich davon zu befreien. Wahrscheinlich fühlte er, daß jede Anstrengung vergeblich sein würde. Einmal blieb er stehen und warf einen Blick zu seiner Herde hinüber, die weiter unten am entgegengesetzten Ende des Tals weidete, aber er machte keinen Versuch hinüberzulaufen.
Der Riese lief tief geduckt neben dem Hengst her und zwang ihn, sich nahe an der Felswand zu halten. Ein häßliches Lächeln lag auf seinen Lippen. Er brauchte den Hengst nur auf dieser Seite des Tales zu halten, um ihn in die Enge zu treiben. Nur noch wenige Minuten, und er war soweit.
Das Fohlen mit dem geschienten Bein stand links von ihm ganz in der Nähe. Er knallte mit der Peitsche, um es fortzuscheuchen; es sollte ihm nicht den Spaß verderben.
Das Fohlen humpelte davon. Es stolperte mit seinem verletzten Bein, als es schneller laufen wollte. Tom sah nicht hin, sein Interesse galt allein dem Hengst, der sich der engen Schlucht näherte, in der das Fohlen eingeschlossen gewesen war. Er lief schneller, als ihm ein neuer Gedanke kam: Es würde noch vergnüglicher, noch aufregender werden, wenn er den Hengst in die Schlucht treiben konnte, wo er ihn völlig in der Gewalt hatte.

Unaufhörlich ließ er jetzt wieder die Peitsche knallen, einmal nach rechts, einmal nach links, einmal nach vorn, einmal nach hinten. Immer vier Schläge hintereinander, allmählich schneller werdend. Der Riese stampfte im Takt mit, als ob er einen Tanz aufführe. Seine Augen glühten, seine Lippen bewegten sich stumm.
Um ihm zu entfliehen, lief der Hengst in die Schlucht, Tom wie der Wind hinter ihm her.
Pitch hatte Steve inzwischen bis fast zum Talboden hinuntergedrängt. Er schüttelte ihn, um ihn aus seiner Erstarrung aufzuwecken. Als er dem Jungen ins Gesicht blickte, fuhr er erschrocken zurück: Steves Augen waren glasig und blutunterlaufen; sie spiegelten das Entsetzen über die Vorgänge, denen er hatte zusehen müssen. »Steve, lieber Junge, hör mir zu!« flehte er, sich vergeblich bemühend, sanft und leise zu sprechen. »Jetzt können wir davonlaufen und Hilfe herbeiholen!«
Er zog Steve hinter sich her, ein paar Schritte, noch ein paar Schritte. Aber die Augen des Jungen wandten sich der Schlucht zu.
»Wir können Feuerstrahl nicht helfen, wir müssen an seine Herde denken, Steve! Wir laufen jetzt schnell zur Barkasse und holen Hilfe herbei, bevor Tom sich an den anderen Pferden vergreift. Denke an das Fohlen! Wenn wir uns beeilen, werden wir früh genug zurücksein, um ihm zu helfen! Es eilt! Wir müssen fort! Bitte rascher, Steve!«
Steve warf einen kurzen Blick hinüber zu dem Fohlen. Sein verglaster Blick wurde etwas wacher, er begriff, was sein Freund sagte, seine Schritte wurden schneller. Ja, er wollte mit Pitch gehen, Hilfe herbeiholen.
Da drang der schrille Schrei des Hengstes aus der Schlucht. Steve blieb wie angewurzelt stehen und atmete keuchend. Er versuchte, nur auf Pitchs drängende Worte zu hören. Doch nein, es war ihm unmöglich.
Er wandte sich heftig von Pitch ab, der ihn zurückzuhalten versuchte, ihn umklammerte, sich an ihn krallte, so daß er sein Hemd zerriß. Aber Steve entwand sich ihm und rannte auf die

Schlucht zu, zu Feuerstrahl, ohne auf Pitchs verzweifelte Rufe zu achten... Er erreichte den »Flaschenhals«, lief über das kurze Gras, die Felswände traten auseinander, weit hinten in der Schlucht stand Tom und ließ seine Peitsche knallen. Steve konnte Feuerstrahl erst sehen, als er den Blick nach oben lenkte. Der Hengst klomm den Pfad hinauf auf die Höhle zu und steuerte der Felsspalte entgegen.
»Doch nicht dorthin, Feuerstrahl!«
Der Pfad führte zu der überhängenden Klippe, von der aus man auf die Landzunge hinabschauen konnte. Von dort gab es kein Entrinnen, kein Zurück, dort würde alles enden, aller Schmerz, aller Haß und alle Grausamkeit, für ihn und sein Pferd.
Als Steve den Steilpfad erreichte, war Tom dem Pferd durch die Höhle gefolgt. Steves Augen waren tränengefüllt, so daß er kaum mehr etwas wahrnahm. Er stolperte, fiel hin und schlug hart mit der Nase auf den Stein. Wie ein Tier kroch er auf Händen und Füßen weiter in das ungewisse Licht der flachen Höhle hinein. Noch ein kleines Stückchen weiter und er würde alles überblicken. Warum war es bloß auf einmal so still? Kein Ton von Feuerstrahl, kein Peitschenknall, kein Gebrüll von Tom? Nur Stille, Schweigen. War alles schon vorüber?
Er legte sich auf den Bauch und kroch die letzten paar Meter bis zu der Stelle, wo er die Klippe überblicken konnte.
Sie befanden sich linkerhand am äußersten Ende. Er kam doch nicht zu spät! Oder doch? Der Hengst stand still, sein riesiger Körper zitterte. Den Kopf ließ er wie leblos hängen.
Tom war gerade dabei, das Ende des Zügelseils, das er in der Hand hielt, aufzuwinden und stemmte sich mit seinem ganzen Gewicht vom Pferd weg. Das Seil straffte sich und umschnürte Feuerstrahls Maul. Tom hatte die Bullenpeitsche in der anderen Hand, aber er brauchte sie nicht, sondern zerrte ruckweise an dem Seil. Feuerstrahls Kopf flog bei jedem Ruck vor Schmerz in die Höhe, doch seine in den Boden gestemmten Beine rührten sich nicht.
Steve ließ den Blick umherschweifen. Ob nicht irgendwo ein Stein lag, den er als Waffe gegen Tom benutzen konnte. Doch

hier fand sich keiner, er mußte auf dem Pfad nachschauen. Er richtete sich in den Knien auf, ließ sich aber gleich wieder fallen. Unten hatte Tom jetzt das Seil gelockert. Feuerstrahl hob den Kopf, erleichtert, daß der Schmerz an seinem Maul nachließ. Seine Augen drückten die Qual aus, die ihm zugefügt wurde, zugleich aber glühte in ihnen ein drohendes Feuer, das Steve besser zu deuten wußte als Tom. Dieser ging auf den Hengst zu, als wäre er völlig sicher, daß von ihm nichts mehr zu befürchten sei. Dann hörte Steve, wie Tom auflachte, kichernd zuerst, dann wurde daraus ein Kreischen und Schreien. Toms Füße stampften auf den steinigen Boden wie verrückt, wobei er dem Hengst näher und näher rückte. Hinter ihm schlängelte sich das lange Leder der Bullenpeitsche.
Steve richtete sich unwillkürlich wieder auf. Er spürte, daß Feuerstrahl im Begriff stand, vorwärts zu schießen und Tom zu entwischen. Er wollte ihm helfen, irgendwie!
Da fühlte er, wie Pitch von hinten die Arme um ihn schlang, ihn zurückzog und wegzerrte. Er wehrte sich, kam auf die Füße, lehnte sich an die Felswand. Unten ertönte noch immer Toms irres Hohngelächter, dann verstummte es plötzlich, und man hörte den Hengst laut aufwiehern. Steve erhob sich mit an den Fels gepreßten Händen, und mit solcher Kraft bewegte er sich wieder auf die Klippe vor, daß er Pitch mit sich zog.
Sie sahen, wie sich Feuerstrahl zu seiner ganzen Höhe aufgebäumt hatte, während Tom zurückwich. Er lachte noch, aber es war mehr ein krampfhaftes, ersticktes Kichern. Er wich Schritt um Schritt zurück. Seine Augen hingen wie gebannt an Feuerstrahl, der ihm wie ein dämonischer Rachegott hochaufgebäumt folgte. Toms irres Gelächter ging in Weinen und Schluchzen über, angstgeschüttelt krümmte er sich und hielt die Hand, der die Bullenpeitsche entglitten war, schützend vor den Kopf.
Pitch stöhnte: »Ach, Tom! Tom!« Dann stürzte er davon, um seinem unseligen Stiefbruder zu Hilfe zu eilen.
Tom wich weiter und weiter zurück, der am Boden liegende Lederstrang der Peitsche wickelte sich dabei um seine Fußknöchel. Er merkte es nicht, bis er strauchelte und zu Fall kam. Er ver-

suchte, sich in den blanken Stein zu krallen, denn er glitt nun, glitt über den Rand der Klippe hinaus... Sein riesiger Körper schoß ins Leere und fiel... Er fiel kopfüber in die Tiefe, hundert Meter vielleicht, bis er auf dem Felsgrund der Schlucht hinter der Landzunge aufschlug.
Steve hatte es kommen sehen. Vor seinen Augen begann alles zu verschwimmen. Er sank ohnmächtig zu Boden.

Ausklang

Als Steve wieder zu sich kam, stand Pitch neben ihm. »Steve!« flüsterte er beschwörend und kniete neben ihm hin. »Tom ist tot! Hörst du mich? Wir konnten es nicht verhindern, und vielleicht ist es so am besten. Vielleicht...«
Steve antwortete nicht, aber er hatte verstanden. Er hatte Tom fallen sehen, und einen solchen Sturz überlebte kein Mensch.
Pitch hob Steves Kopf vom Boden. »Wenn du dich ein wenig erholt hast, wollen wir zurückgehen ins Blaue Tal.« Seine Stimme war sanft, seine Worte einfach und deutlich, als spräche er zu einem Kind.
Steve setzte sich auf, und seine Benommenheit wich allmählich. Er schämte sich nicht, daß er die Besinnung verloren hatte bei dem furchtbaren Schauspiel. Er wollte sich über den Rand der Klippe beugen, aber Pitch hielt ihn zurück. »Es ist besser, du ersparst dir den Anblick«, meinte er fürsorglich. »Aber wo ist Feuerstrahl?«
»Er ist in Sicherheit. Gleich nachdem es passiert war, ist er umgekehrt, vermutlich ist er im Tal. Wir gehen auch hinunter, sobald du dazu imstande bist.«
Steve erhob sich, er schwankte anfänglich, doch das Schwindelgefühl verlor sich rasch. Er nickte Pitch zu, und sie marschierten beide durch die Felsspalte talwärts. Als sie den Pfad erreichten, sahen sie, wie sich weiter unten Feuerstrahl jammervoll langsam durch die Schlucht dem Blauen Tal zuschleppte. Steve lief

schneller. Wieder und wieder sprach er den Namen seines Pferdes in Gedanken vor sich hin, näher und näher kam er ihm und gewahrte die furchtbaren Striemen und das geronnene Blut, das den ganzen Körper bedeckte. Das lange Seil des Zaums schleifte im Gras hinterher, und Feuerstrahls gesenkter Kopf deutete an, daß er selbst zu dem mühsamen Dahintrotten kaum mehr die Kraft hatte.
Der Kopf des roten Hengstes flog hoch, als er die schnellen Schritte hinter sich hörte. Er fuhr mit gefletschtem Gebiß herum. Steve blieb stehen und sagte mit kaum vernehmbarer Stimme: »Feuerstrahl, ach, Feuerstrahl!« Ununterbrochen den Namen wiederholend, näherte er sich mit tränenblinden Augen. Das Pferd sah er nur als dunkle Gestalt vor sich, er tastete sich mit den Händen an den nassen, bebenden Körper und lehnte sich zitternd und schluchzend an ihn.
Nachdem sich Feuerstrahl ein wenig beruhigt hatte, trat Steve an seinen wieder tief hinabhängenden Kopf und löste mit sanfter Hand das Seil, das tief in die weiche Haut um das Maul eingeschnitten hatte. Als sich der Junge anschickte, weiterzugehen, kam Feuerstrahl in seiner alten Vertrautheit mit.
Erst als sie im Tal angelangt waren und sich dem Teich näherten, sprach Pitch. »Meine Erste-Hilfe-Tasche findest du in meinem Rucksack, Steve, mit Verbandsmull, Wundpuder und allem, was du benötigst. Behandle Feuerstrahl, dann wird er sich bald erholen, ich überlasse es dir allein.«
»Willst du denn fort?«
»Ich muß nach Antago, um die Polizei zu benachrichtigen. Sie müssen einen Beamten herschicken, der den Tatbestand aufnimmt.«
»Du bringst sie doch aber bloß auf die Landzunge und nicht ins Blaue Tal?« fragte Steve bange.
»Nur auf die Landzunge!« versprach Pitch. »Dort ist es ja geschehen!« Er machte eine Pause. »Es war ein Unfall, wir können beide bezeugen, daß das die Wahrheit ist! Die näheren Umstände braucht niemand zu erfahren.«
Sie blieben stehen, als sie am Teich angekommen waren. Feuer-

strahl senkte den Kopf und trank von dem kühlen, lindernden Wasser.
»Wir haben es überstanden, Steve, es ist vorbei...« murmelte Pitch.

Am späten Nachmittag lenkte Pitch seine Barkasse vorsichtig der Landzunge der Blauen Insel zu. Hinter ihm standen zwei Männer, beide waren groß und schlank und trugen einen weißen Leinenanzug, schwarze Krawatte und Tropenhelm.
»Ich bin seit zehn Jahren nicht mehr hier gewesen«, sagte der eine, »und das eine Mal damals hat mir gereicht! Wie es jemand hierher ziehen kann, ist mir...« Er beendete den Satz nicht.
Der andere nahm den Tropenhelm ab und fuhr sich mit dem Taschentuch über seine Glatze. Er sagte nichts, er beobachtete die kaum über die Wasserfläche herausragenden Klippen, die die Barkasse leckzuschlagen drohten, als sie sich dem Landesteg näherte.
»Auf die Idee, ausgerechnet hierher zu fahren, konnte wahrhaftig nur so ein Sonderling wie Tom Pitcher kommen«, sagte der erste Mann wieder. »Als ob er uns auf Antago nicht schon genug zu schaffen gemacht hätte! Er war wohl nicht mehr so ganz...« Er brach ab und sah verlegen zu Pitch hinüber. »Verzeihung, Pitcher. Mein Beileid.«
Pitch sagte nichts. Er hatte überhaupt kaum gesprochen, seit er den Polizeiwachtmeister und dessen Assistenten auf dem Revier von dem Geschehen in Kenntnis gesetzt hatte. Alle ihm gestellten Fragen hatte er wahrheitsgemäß beantwortet, und die Beamten hatten sich in keiner Weise überrascht gezeigt. Toms Treiben in Antago während der letzten Monate hatte ihnen längst bewiesen, daß er geistig nicht mehr ganz normal gewesen war.
Pitch vertäute die Barkasse, dann gingen die drei Männer schweigend über die Holzplanken an Land. Sie kletterten über die Sandbänke und gingen auf die gelbe Felsmauer zu. Nachdem sie lange schweigend gewandert waren, blickte der glatzköpfige Beamte hinauf zum sich schnell verdunkelnden Himmel. »Wir sollten uns nicht lange hier aufhalten«, sagte er, »es hat keinen

Sinn, nachher zurückzufahren, wenn es vollständig Nacht ist.«
Der Vorgesetzte nickte zustimmend und fragte Pitch: »Müssen wir bis ganz zum Ende der Schlucht gehen?«
»Ja«, sagte Pitch, »er ist senkrecht von der Klippe herabgestürzt«
»Haben Sie ihn fallen sehen?« fragte der Beamte schnell. »Ich glaube, ich habe Sie das schon einmal gefragt. Aber die Antwort ist wichtig für meinen Bericht.«
»Ich habe ihn fallen sehen«, antwortete Pitch. Der Beamte fragte ihn nicht, von wo er ihn habe fallen sehen, er nahm als selbstverständlich an, daß Pitch nur hier unten von der Landzunge aus Zeuge des traurigen Geschehnisses geworden sein konnte.
Die gelben Steinwände schlossen sich enger um sie, die steile Abschlußwand lag nun vor ihnen. An ihrem Fuß sahen sie Toms Leiche liegen.
Pitchs Schritte wurden zögernd, der glatzköpfige Mann ging dicht heran, während der Wachtmeister neben Pitch stehen blieb und ihm den Arm um die Schulter legte. »Regen Sie sich nicht von neuem auf, Pitcher«, sagte er beschwichtigend.
Der andere drehte mit Mühe Toms schweren Körper ein wenig herum, dann sah er zu seinem Vorgesetzten und Pitch hinüber und nickte. Pitch wandte sich ab.
Danach blickten alle drei an der Steilwand empor, sie sahen die hervorstehenden Felszacken und die beiden aus verschiedener Höhe herabhängenden Kletterseile. Pitch allein wußte, daß sein Stiefbruder diese hinaufgeworfen und befestigt haben mußte, als er nach der Blauen Insel gekommen war, um ihm nachzuspionieren. Hier hatte er den vergeblichen Versuch gemacht, emporzuklimmen, um ins Innere zu gelangen.
Der Wachtmeister entdeckte die Spitzhacke am Fuß der Wand. »Von hier aus hat er also den Aufstieg gewagt«, bemerkte er, im Tone einer einfachen Feststellung.
Pitch nickte. »Er hat geglaubt, er könnte auf den überstehenden Felsen da oben gelangen.« Er sprach damit keine Lüge aus, Tom hatte das in der Tat versucht.
»Warum hat er denn bloß dort hinaufklettern wollen?«
Pitch antwortete ohne Zögern, weil er diese Frage erwartet

hatte: »Tom glaubte, dort oben gebe es bewohnbares Land.«
Auch dies war nicht gelogen.
Der Mann schüttelte den Kopf. »Sieht ihm ähnlich! Immer den Teufel herausfordern!« Er blickte noch einmal am gelben Felsen hoch, der im Licht der sinkenden Sonne glänzte. »Nun, diesmal hat es ihn ereilt! Als ob es nicht allgemein bekannt wäre, daß die Insel nur ein massiver Felsklotz ist, und nichts weiter!«
Das war wiederum keine Frage, sondern bestätigte nur eine jedermann seit langem bekannte Tatsache.
»Das wäre alles«, setzte er abschließend hinzu, »ich helfe, die Leiche auf die Barkasse zu tragen, wenn Sie so freundlich sein wollen, die Spitzhacke mitzunehmen...« Im Vortreten sah er die Bullenpeitsche, die ein Stückchen weiter hinten am Boden lag. »Ach und da liegt ja auch seine scheußliche Peitsche! Bitte bringen Sie die auch gleich mit, Pitcher!«
Pitch wartete ab, bis die beiden Beamten den leblosen Körper aufgehoben hatten und sich zum Gehen anschickten, ergriff die Spitzhacke und bückte sich mit Widerstreben nach der Peitsche. Dann folgte er den Männern auf die Barkasse.

Inzwischen war ein Monat vergangen. Auf der Blauen Insel herrschte wieder tiefer Friede. Die untere Stange am Eingang zur »Flaschenschlucht« war entfernt worden, und das Fohlen senkte ein wenig seinen Kopf, um unter der noch verbliebenen oberen Stange durchzuschlüpfen. Es suchte die Futterkiste, die Steve an den Eingang der Schlucht gestellt hatte.
Steve beobachtete das Fohlen, wie es mit dem Hafer spielte, mit geweiteten Nüstern hineinblies, dann ein Maul voll naschte und wieder zum Tor zurücklief. Die Schiene mit dem Verband war ihm eine Woche zuvor abgenommen worden. Der Bruch war spurlos verheilt und ließ keine Behinderung zurück. Das Fohlen hatte zugenommen, war gewachsen und versprach einmal ebenso groß und schön zu werden wie sein Vater. Seine Augen standen weit auseinander, sein edler Kopf saß auf einem kräftigen, schön gebogenen Hals, Schultern und Widerrist waren makellos, wenn auch die Körperform, wie in diesem Alter nur natürlich, noch

nicht ausgeglichen war. Seine Beine waren hart und muskulös.
Mit jedem Tag wurde es größer und kräftiger, denn Steve gab
ihm zusätzlich zum Hafer und zum Gras, das es jetzt schon eifrig rupfte, so viel Milch, wie es haben wollte. Sein Fell glänzte
wie poliert, weil es regelmäßig gestriegelt wurde, und Steve achtete darauf, auch Hufe und Beine jeden Tag zu reinigen.
Jetzt duckte es den Kopf wieder unter der Stange durch und
kam Steve entgegen, der den Halfter abnahm und die Stellen
glättete und massierte, an denen die Riemen das Fell ein wenig
gescheuert hatten. Dann legte er ihm den Halfter wieder an und
führte es an der Führleine durch das Tal und wieder zurück, hin
und her, viele Male, bis Feuerstrahl seine Herde verließ und zu
ihnen herübertrabte. Da nahm er dem Fohlen die Führleine ab,
ließ es frei und wartete auf den Hengst. Wie immer, wenn er dieses herrliche Tier in Bewegung sah, schlug sein Herz schneller.
Kein schöneres Geschöpf lebte auf der weiten Welt!
Nur einen gab es, der Steves Gefühle vielleicht nachempfinden
konnte: Alec Ramsey, der seinen berühmten schwarzen Hengst
Blitz ebenso sehr liebte und jede seiner Regungen verstand. Jedes
Kind und vor allem jeder Liebhaber von Rennpferden in Amerika kannte die wunderbare Geschichte von Alec und seinem fast
unbesiegbaren schwarzen Pferd.
Steve geriet ins Träumen, als Feuerstrahl vor ihm stehen geblieben war und sichtlich darauf wartete, daß er die Wange in zärtlicher Vertrautheit an seinen Hals preßte.
Wenn man diese beiden herrlichen Hengste, den Fuchs und den
Rappen, einmal miteinander bei einem Rennen in den Staaten
laufen und um den Sieg kämpfen lassen könnte!*
Steve war fest überzeugt, daß Feuerstrahl unschlagbar war.
Selbst der berühmte Blitz war ihm seiner Meinung nach nicht
überlegen.
Und wie sich die Dinge in den letzten Wochen entwickelt hatten, würde es vielleicht sogar notwendig werden, die Probe aufs
Exempel zu machen: Pitch hatte nämlich in Erfahrung gebracht,

* Wie dieses Rennen zustande kam, erzählt das Buch von Walter Farley
 »Blitz wird herausgefordert«.

daß die Blaue Insel unter Umständen käuflich von der britischen Regierung zu erwerben sein würde! Von einem Preis von 65 000 Dollar war die Rede gewesen! Eine solche Riesensumme wäre für sie natürlich unmöglich zu beschaffen, wenn sich ihnen nicht die Möglichkeit geradezu anbot, Feuerstrahls märchenhafte Schnelligkeit in hochdotierten Rennen einzusetzen, um sich mit den Siegerpreisen den Besitz der Insel zu sichern.
Tom war nun tot, niemand auf Antago weinte ihm eine Träne nach, er hatte zu viele Menschen mißhandelt. Pitch war der Erbe der Plantage, die wieder florieren würde, denn bei ihm arbeiteten die Eingeborenen gern. Er würde weiter ungestört seinen Studien auf der Blauen Insel nachgehen können, in drei oder vier Jahren würde er, wie er glaubte, seine Arbeit so weit gefördert haben, daß er sein Werk über die historischen Funde und die Schlüsse, die sich daraus ziehen ließen, der Historischen Gesellschaft vorlegen könnte. Wenn die Insel ihnen gehörte, würden sie sie in ihrem paradiesischen Zustand erhalten können, denn auch Feuerstrahl würde zu seiner Herde zurückkehren, sobald er seine Rennsiege erkämpft und die Summe, die sie benötigten, zusammengebracht hatte...
Das Fohlen hatte sich abseitsgehalten und rupfte Gras, sein Vater beachtete es gar nicht. Steve war sich darüber klar, daß es nicht auf der Insel bleiben durfte, wenn er und Pitch sie verließen. Es gehörte nun einmal seit seiner Geburt nicht zur Herde und würde immer ausgestoßen bleiben, wenn es nicht sogar verfolgt und bekämpft wurde. Sie würden es mit nach Antago nehmen, Pitch würde es auf seiner Plantage gut pflegen, und später, wenn es erwachsen war, würde es Steve vielleicht mit nach Hause nehmen und zu einem guten Rennpferd erziehen.
Feuerstrahl warf den Kopf auf, als wollte er sagen: »Träumst du denn heute nur? Willst du denn gar nicht reiten?« Steve lachte und führte ihn zu einem Steinblock und schwang sich auf seinen Rücken.
Der Hengst stieß ein kurzes, glückliches Wiehern aus und fiel sofort in Galopp. Sein Reiter duckte sich im Jockeysitz auf seinem Hals vor, und Feuerstrahl flog wie der Wind durchs Blaue

Tal. Einmal, in gar nicht so ferner Zeit, würde er vielleicht über eine der berühmten Rennbahnen in den Staaten fliegen und alle Konkurrenten hinter sich lassen und so mit seinem Siegespreis sich und seinen Nachkommen für alle Zeit die Blaue Insel erobern.